دار حروف منثورة للنشر والتوزيع

الطبعة الأولى

الكتاب: طرقٌ لا تؤدي إلى روما

المؤلف: علاء أبو شحاتة

تصنيف الكتاب: مجموعة قصصية

تصميم الغلاف: فريق الدار

تنسيق داخلي: فريق الدار

مراجعة لغوية: علاء أبو شحاتة

رقم الإيداع: 7450/٢٠٢١م

مؤسس الدار

مروان محمد

Website: https://horofbooks.com
Fan page: http://facebook.com/horofsbooks
Email: info@horofbooks.com

هاتف جوال: ٠٠٢٠١١١٣٠٠٦٢٩٦ ــ هاتف جوال: ٠٠٢٠١٠٦٤٠٥٤٩٩٥

مجموعة قصصية

علاء أبو شحاتة

الإهداء

إلى روح أمي التي لم تمهلها الحياة لتشاركني نجاحي وهي تشاهد
مؤلفاتي تشق طريقها نحو نور الحياة
إلى زوجتي وامتداد أمي بعد أمي، ورفيقة دربي وأيامي بحلوها
ومرها
إليكما أهدي هذا الكتاب

الفهرس

الحبُ في زمن الكورونا ٩

طرقٌ لا تؤدي إلى روما ١٧

من أجل عينيكِ ٣٧

الممر ٤٤

يوماً ما ٥٦

سالم وسلمى ٦٤

حبيبة ٦٩

أحلامٌ مبعثرةٌ على شاطئِ الحرمان ٧٧

سوق واقف العتيق ٨٠

حكاياتٌ طائشةٌ ٨٢

سرُ الغرفةِ "١٣" ٨٦

قصة كل يوم ٩٢

وتريات ٩٦

شهادة وفاة ٩٨

الحبُّ في زمن الكورونا

مع اقترابِ عقاربِ الساعةِ من منتصفِ النّهارِ جلسَ عمرُ يترّقبُ آخرَ التطوراتِ التي وصلت إليها الأحداثُ جراءَ انتشارِ فيروسِ كورونا في الكثيرِ من دولِ العالمِ.

ظلَّ يتابعُ المستجداتِ وسطَ ضوضاءِ مطارِ بيروتَ الدوليِّ حيثُ ينتظرُ رحلةَ الإقلاعِ إلى مطارِ الدوحة الدوليِّ في رحلةِ ترانزيت قادماً من مصر.

- وبينما يمارسُ عادته في تأملِ تحركاتِ المسافرين والعاملين بالمطارِ وحقائبَ السفرِ والقلقِ الذي يسيطرُ على المشهدِ العامِ خوفاً من تصاعدِ الأحداثِ ونسبِ الإصابةِ والوفياتِ وما قد يترتبُ عليها من إجراءاتٍ احترازيةٍ من الدولِ يأتيه صوت من مقعد مجاور له.

- يبدو أنك قَلِقٌ بشأن رحلتك!

يتلفت عمر بجواره فيجد أحد المسافرين ضمن رحلته ويبدو عليه من لهجته ولكنته أنه قادم من إحدى المدن الساحلية بمصر.

عمر: نعم فقد فارقت أحبةً لي منذ أكثر من عامين لإتمام بعض الأمور الخاصة بمصر وأخشى أن تطول مدة الفراق.

المسافر: لعله خير إن شاء الله وتعود الأمور إلى مجرياتها الطبيعية.

طبيعية!! إنها لعنة السماء وعقابها المحتوم الذي سيحل بهؤلاء التعساء من بني البشر.

يأتي الصوتُ من المقعد المقابل لهما حيث رجل في العقد الخامس من عمره يجلس منزوياً عن الآخرين يطالعُ الجريدةَ ويتابعُ شريطَ الأخبارِ على شاشات التلفاز المنتشرة في أرجاء صالات الانتظار.

يشيحُ المسافرُ بوجه عن هذا الخمسيني موجهاً حديثه لعمر:
معذرة لم أعرفك بي – أنا مسعود وأعمل في مجال الأثاث المنزلي
وهؤلاء أصدقائي: أشرف من السودان وحسام من سوريا ونضال
من الجزائر

عمر: أهلا بكم رفقاء الكفاح والسفر.

مسعود: هل رأيت نظرة هذا الرجل المتشائمة وهو يرى أن هذا
الفيروس عقاب لأهل الأرض ليقتص منهم ويفنيهم عن بكرة
أبيهم؟

يرد عليه عمر وهو يحاول أن يفلت نفسه من حالة الشرود التي
تسيطرُ عليه بابتسامة شاحبة: لعل أسوأ من الفيروس حالة
التشاؤم التي يعيشها هذا الرجل.

مسعود: وهو أيه منغص علينا حياتنا غير وجود الأشكال دي في
حياتنا؟

عمر مبتسماً: لا تكن عنصرياً مثله وتتمنى زواله كما يتمنى هو
للبشر الذين لا يروقون له.

مسعود: عندك حق ، هل رأيت كيف يتعامل مع كل من يقترب منه
أو يحاول الجلوس بالقرب منه؟

عمر: لعله يحترز من انتشار المرض وتفشي الوباء.

مسعود: لم يصل بعد لمرحلة الوباء وإن كنتُ أرى أن نظرةً أمثال
هذا المتغطرس لا تقل خطورة عن أعتى وباء قد يفتك بالبشرية.

عمر: لا تتسرع في الحكم عليه فلعل لديه ما يبرر ما يقوم به من
تصرفات لا تروق لنا.

مسعود: إنه حتى لم يهتم لأمر المرأة العجوز التي مرت أمامه
والتي كادت تتعثر في حقيبته وتسقط على الأرض لولا أن أدركها
أحد العابرين.

عمر: تقصد هذه العجوز التي تجلس وحيدة في طرف القاعة.

إنها تجلس وحيدة تراقب المارة في صمتٍ مطبق كأنها آلة تصوير تراقب حركة تعاقب الشمس والقمر منتظرةً أنقشاع برد الليل الطويل.

مسعود: ومن منا لا يتمنى أن تمر ساعات الترانزيت الكئيبة لنلتقي أصدقائنا وأحبابنا الذين يخففون عنا وطئة الغربة وألم البعد عن أهلنا ومَنْ نحبُ ونهوى.

- بلاش تقلب علينا المواجع يا صاحبي.

فجأة تعلو الضوضاء وينتشر اللغطُ بين الناس مع تدفق أعداد كبيرة من المسافرين في إحدى الطرقات التي تؤدي إلى ممر صعود الطائرات.

أحد المسافرين في ثورة عارمة يكاد يتفجر وجهه من لهيب الاحمرار وكأن بركان يتفجر في رأسه:

- كانوا قالوا لنا من الأول وبلادنا أولى بينا، نروح فين الوقتي.

- ترد عليه امرأة تلهث وراءه محاولةً اللحاق به: صل على النبي يا أبو أحمد، إن شاء الله خير ولها ألف حلال.

يواصل الرجل ثورته دون أن يلتفت خلفه:

- حل إيه واحنا محشورين في المطار زي اللي رقص ع السلم، لا اللي فوق شافوه ولا اللي تحت سمعوه.

ينتبه الناس في قاعة الانتظار الى صوت المذيع الداخلي بالمطار وهو يزأرُ كأسدٍ قاسي القلب لا تعرف الرحمةَ طريقاً لقلبه وهو يفترس ضحيته بعدما حال بينها وبين أمها المكلومة بفقد ابنتها الصغيرة:

- نود أن نعلم السادة المسافرين والسيدات المتجهة رحلتهم الى مطار الدوحة الدوليّ أن السلطات القطرية قد علقت الرحلات القادمة من ١٤ دولة كإجراء احترازي نظراً لتفشي فيروس كورونا (كوفيد-١٩) حول العالم وهذه

الدول هي: " جمهورية بنغلاديش الشعبية، وجمهورية الصين الشعبية، وجمهورية مصر العربية، والجمهورية الإسلامية الإيرانية، وجمهورية العراق، والجمهورية اللبنانية، و-----.

هل سمعت يا عمر، لقد علقنا بمطار بيروت يا رجل.

لم يستطع مسعود إخفاء توتره البالغ والمصير الذي ينتظره، خاصة وأن صلاحية إقامته بدولة قطر على وشك الانتهاء.

عمر: تماسك يا رجل وسوف يجعل الله من بعد ضيق مخرجاً.

مسعود: أي مخرج يا رجل؟ وقد صرنا مثل الجرب، الكل يحاول التخلص منا.

هل سنعود لبلدنا نجر ذيول الخيبة؟

أنت لا تعرف الديون التي تنشب أظفارها في أحشائي وعائلتي -- -- عائلتي التي تعلق آمالها على ما أرسله اليهم من أموال، عائلتي التي تحبني وترى في سفري طوقاً للنجاة من شبح الفقر الذي يلتف بأذرعه السوداء حول رقابنا.

عمر: لا أخفيك سراً أنا أيضاً قلقي وخوفي، فلم أر أحبائي منذ أكثر من عامين.

يمتلئ المكان رويداً رويداً بالعالقين وسط هرج ومرج وتزاحم وصراخ وضعاف يتساقطون من جراء التدافع بين المسافرين عبر ممر العودة الذي ضاق بهم كما تضيق أنفاس الراحلين عن الدنيا وقت الاحتضار.

يقوم عمر مذعوراً، فقد تذكر المرأة العجوز التي تجلس في طرف القاعة وحيدة بعيداً عن الآخرين لكنها الآن لم تعد بمنأى عن التدافع والزحام.

يسارع إليها مبتسماً لها وقد وجدها تضع حقيبتها على الكرسي المجاور لها فاستأذنها في رفع الحقيبة والجلوس بجوارها.

ابتسمت العجوز ابتسامة حانية وأومأت برأسها بالموافقة.

- أرجو يا أمي ألا يكون قد أصابك شيء من الأذى من جراء تدافع الناس وانحشارهم في المكان.
- أنا بخير يا ابني وأنا أقدر ما هم فيه من خوف وقلق.
- أنا ابنك عمر من مصر ومسافر لألحق بأهلي في الدوحة ـــ وأنتِ يا أمي!
- أنا خالتك أم منصور من غزة.
- أهلا بكِ يا أمي، أليس معكِ من يرافقك في رحلتك الطويلة الصعبة؟
- للأسف كان معي ابن أخي، وقد علق في المعبر بين غزة ومصر ولم يسمحوا له بالمرور.
- وكيف تركِك تُكملين وحدك؟ يا أمي وكيف سمحت له نفسه بذلك؟
- لا تقسُ عليه يا عمر فأنا مَن صممتُ على استكمال رحلتي وحدي، فلعلي لا أرى ابنتي المقيمة بقطر منذ عشرين عاماً مرة أخرى.
- يلاحظ عمر الدموع تناسب على وجنتي أم منصور سريعةً سريعةً على التجاعيد التي تشعرك أنها ولدت معها وكأنها بحيرة طبريا وهي تجود بمياهها العذبة نحو نهر الأردن وقد أحاطت بها منطقة الجولان السورية ومنطقة الجليل الفلسطينية حيث جبال الشيخ الثلجية البيضاء تقف حارساً أميناً عليها تمنحها الأمن والوقار ورموز العطاء.
- لِمَ البكاء يا أمي وقد اقترب موعد اللقاء؟
- كل شيء بقدر يا بُني، تقول ذلك وهي تتلمس شيئاً وضعته في لفافة تحتضنها بكلتا يديها
- يلاحظ عمر الأمر فتسارع المرأة بإخفاء اللفافة بين ملابسها.

- هل رأيتِ هذا المشهد المرير على شاشات التلفاز يا أمي لهذه العائلة الصينية القاسية التي شكت في إصابة ابنها وبنتها بفيروس كورونا، فسارع الأب والأم بمغادرة المطار تاركين فلذة أكبادهما دون رحمة أو شفقة؟

- نعم شاهدت ولكن لماذا لا تنظر حولك؟ ، ألا تلاحظ هؤلاء الأمهات كيف يحتضن أبنائهن خشية أن يجرفهم الطوفان؟ ، لا تتلمس الصوت النشاز لتحكم على بقية العالم بالقسوة وفساد كل الأصوات، إنه الحب الذي غرسه الله في أعماق البشر وسائر المخلوقات بل لعلك شاهدت منذ قليل على شاشات التلفاز تلك العجوز المسكينة التي حالوا بينها وبين زوجها حيث وضعوه في الحجر الصحي فقررت أن تذهب هي وتراه من خلف زجاج النافذة.

- صدقتي يا أمي ولكن الكل خائف من أن يتحول الأمر الى وباء ينال من البشرية ويزيد من جراح الفقد وفراق الأحباب.

- الخطر ليس في المرض يا بني بل في أن ينال الوهم منا ويفقدنا الثقة بالله والإيمان بمعاني الخير والتضحية.

- ولكن لماذا لم يسافر معك ابنك منصور بدلاً من ابن أخيك؟ فربما ما كان ليتركك مهما حدث.

- منصور وأخوته الثلاثة سبقوني يا بني.

- يتضايقُ عمرُ من تصرف الأبناء الاربعة ويتعجب من هدوء المرأة وثباتها ويندفع قائلاً:

- كيف لهم أن تنال منهم القسوة هذا المبلغ يا أمي ويتركوك وحيدة؟

- يا بني لا تتعجل فقد قدموا أرواحهم لوطنهم دفعاً عن الشرف والأرض وخضبوا أرض فلسطين بدمائهم الزكية.

- يحمر وجه عمر خجلاً من تسرعه في الحكم، وكم تمنى لو سكت وما تكلم ولكنه يعود محاولاً الاعتذار عن تسرعه وكلماته:
- تقبلهم الله في الشهداء يا أمي.
- تحاول أم منصور أن تخفف عن عمر، وتخرج ورقة من حقيبة يدها، أخبرني يا بني هل تعرف هذا العنوان بقطر؟
- نعم يا أمي أعرفه جيداً، لا عليك فقد قررت أن أصحبك في رحلتنا حتى نهايتها ولكن!! أليس هناك مَن يستقبلك في مطار حمد الدولي؟
- في كلمات واهنة وضعيفة، يا بني لا أدري لعلي لا أستطيع أن أستكمل الرحلة الآن، فقد بلغتُ من العمر مبلغه، وقد جاوزت السبعين من عمري، وأظن أن رحلتي سوف تتوقف الآن لالتحقَ بمنصور وأخوته عند رب كريم.
- بصوتٍ مرتجفٍ لا يستطيعُ أن يحبسَ معالمَ خوفه ودموعه المختنقة: العمر كله لكِ يا أمي.
- يا بني منذ حل الوباء ببلادي حيث كانت سنوات عمري الأولى ونحن نعاني من تبعاته وتواطؤ أشباه البشر حيث سراب العدالة المزعومة.
- أراكِ تستسلمين يا أمي وتخالفين كلامك.
- لا يا بني، أنا ثابتة في أرضي بامتداد أشجار الزيتون وتشعبها في أعماق أرضي ووطني العزيز، لكنها لحظة تسليم الأمانة يا بني،- تمد يدها في ملابسها وتخرج اللفافة ثم تضعها بين يديّ عمر وتمسك علي يديه.
- سلِّم هذه يا بني لابنتي وأخبرها أننا على موعدٍ لا شك فيه، لكن عليها يوم اللقاء أن تخبرني أن بلادنا قد تطهرت من هذا الوباء الملعون.

- تنحدرُ دموعُ عمرَ متسائلاً: ولكن ما الذي بتلك اللفافة يا أمي؟

- هذا مفتاح دارنا بالقدس يا بني حملته عن أمي، فأنا مقدسية يا ولدي، وها أنا أضعه أمانةً في عنقك لتسلمه لابنتي، فقد حان وقت اللقاء مع منصور وأخوته فقد اشتقت اليهم كثيراً.

- تغلقُ أمُ منصور عينيها في هدوء حانٍ كجمال الشمس وقت الغروب.

- ينادي عمر على مسعود وأصدقائه الثلاثة ـ وقد نالت منه فاجعة أم منصورـ كي يساعدوه في إسنادها إلى أحد مقاعد قاعة الانتظار، والتفاوض مع المسؤولين بالمطار عن الأرض التي سوف تشرف بجسد أم منصور.

طرقٌ لا تؤدي إلى روما

(١)

على غيرِ العادةِ في مثلِ هذا الوقت من ساعات النهار بدا مترو روما أقل حدةً في ازدحامه المعتاد حيث البشرُ المندفعون كالنهرِ الهادرِ نحو بيوتهم بعد انتهاء ساعات العمل المضنية.

جلست أمل صلاح هي وصديقتها ريبيكا باتسي تراقبان حركات القطارات المتتابعة في انتظار القطار المتجه لأقرب محطة بالقرب من المركز الثقافي الإسلامي الذي يقع بالجزء الشمالي في منطقة البريولي حيث يعمل والدها الشيخ صلاح عبد الرحمن إماماً للمسجد الكبير بروما.

ريبيكا: مسكين هذا الوطن يقف صامتاً صمت الحائرين وهو يرى المستهترين من شعبه وهم لا يبالون بتحذيرات وزارة الصحة من خطورة الاختلاط والتزاحم وسط جراحات العالم وأنّاته.

انتبهت أمل من شرودها وتوقفت عن تمتماتها ناظرةً لريبيكا صديقتها والتي بدا على وجهها الضيق والحسرة على حال العجائز المصابين بفيروس كورونا (كوفيد-١٩) والذين امتلأت بهم المستشفيات والتي لم تعد قادرةً على استيعاب المزيد.

أمل: معذرةً يا صديقتي فقد شرد ذهني لما نراه يومياً في عملنا والذي صار مثل الكابوس الذي لا يريد ليله أن يرى نورَ الصباح.

ريبيكا: وأنا مثلك تماماً يا أمل، ولكني لاحظت أنك في شرودك كنتِ تهمسين بكلمات لم أفهمها فما الذي أصابك عزيزتي؟

أمل: كنت أردّدُ بعضاً من أدعية الاستغفار ومناجاة الله تعالى لعل الله يرفع عنا ما نحن فيه.

ريبيكا: نعم يا أمل فنحن في حاجةٍ مُلِّحةٍ إلى الاختلاء والصلاة والتوبة والاهتداء بطلب الغفران من الله.

تسرع أمل نحو باب قطار المترو ممسكةً بيد صديقتها كي تدرك موعد أبيها حيث اللقاء الذي سوف يُعقدُ بالمركز الثقافي الإسلامي لمناقشة قضية الساعة والخطر الذي يبرز للعالم بمخالبه الحادة وقد توشح بثياب المنايا وتدثر برايات الرحيل.

ينطلقُ القطارُ ليشق المحطات المتتابعة سريعاً كما تتفلت أعمارنا ويتسرب من بين أيدينا إكسير الحياة.

ريبيكا: أعلمُ حرصك البالغ لحضور تلك المناقشات الملتهبة صديقتي خاصة وقد علمتُ منك بحضور

د ـ ستيفانو ماجنون الذي لا يمل من تمجيد وتقديس العقل البشري بعيداً عن وحي السماء.

أمل: مع كل أسف ، فهو ينتصر لماديته ولا يؤمن بالنجاة للعالم والبشرية جمعاء إلا بتحويل كل ما هو غير مرئي وغير ملموس إلى شيء قريب مرئي وملموس ومقروء، لكي يتم إخضاعه وتحويله إلى تجربة مختبرية ملموسة ومرئية للعيان.

ريبيكا: نعم فقد شاهدت له حلقات متلفزة وهو يروج لفكرة أن الدين من صنع البشر ابتكرها لتفسير ما هو مجهول لديه من ظواهر طبيعية أو نفسية أو اجتماعية.

أمل: للأسف هو يمثل امتداداً لأمثال آرثر شوبنهاور وكارل ماركس وسيغموند فرويد الذين يرون التدين التزاماً بمجموعة من القيم البالية.

ريبيكا وقد بدا عليها الضيق والتوتر بسبب هذه الأفكار فحاولت أن تغير مسار الحديث:

وهل سيحضر أخوك " مو " تلك النقاشات الملتهبة ويشاهد تلك المناظرات؟

أمل: بالله عليك لا تنطقي اسمه هكذا أمام أبي فهو يرى هذا الاسم مسخاً رديئاً ككثيرٍ من الأمور التي آلت إليها مظاهر الحياة.

ريبيكا: هل أفهم من كلامك أن أباك على خلاف مع أخيك وما عاد يحبه؟

أمل: لم أقل هذا أبداً؛ فأبي يحبه فوق ما تتصورين ويتمنى منه أن يلتفت لمسار حياته بعيداً عن الانشغال بأمورٍ لا تفيده في شيء، فقد أهمل دراسته الجامعية حتى صار موعد تخرجه في الجامعة حلماً بعيد المنال.

تنظر ريبيكا لأمل وقد بدا عليها حرصها على معرفة تفاصيل أكثر عن مو: لكني أراه شاباً لا بد أن ينال منه نزق الشباب وثوراته ثم تأخذه الحياة حيث يتمنى الآباء.

أمل: أعلم مقصدك صديقتي لكن الأمر أكبر من ذلك، فأخي من مشجعي كرة القدم ؛ يعشقها بل يدمنها حتى صارت من أهم ملامح شخصيته وعلامات بقائه على الكوكب الأرضي، ثم يشتد به إدمانه عشقاً لنادي ليفربول الإنجليزي ولاعبه المصري محمد صلاح.

ريبيكا: فهمت الآن فهناك تشابه في الأسماء بينهما.

أمل: وهذا مربط الفرس حيث إنه يحب أن نناديه: " مو صلاه " كما ينادي أقرانه من مدمني كرة القدم معشوقهم المصري محمد صلاح.

ولهذا فهو لن يحضر اللقاء اليوم لأنه سافر إلى إسبانيا حيث يلاقي الفريق الذي يشجعه أحد الأندية الإسبانية وسوف يعود في ساعة متأخرة الليلة على متن الرحلة رقم ١٩ المتجهة في طريقها نحو روما.

ريبيكا: أدعو الله أن يعود سالماً ؛ فأنتِ تعلمين أن التجمعات الكبيرة كما في مباريات كرة القدم صارت خَطِرةً جداً وقد تتسبب في انتقال العدوى بين المشجعين.

أمل: اللهم آمين ، وكم أتمنى أن يدرك أخي خطورة الأمر ويستجيب لنصائح أبي له، ولا يعتبرها نوعاً من الوصاية والتضييق عليه.

ريبيكا: بنظرة ملؤها الشفقة والحزن، الأمر لا يتعلق بأخيك فقط فالشعب الإيطالي كله يحتاج إلى الاستماع إلى صوت العقل ويلتزم بالتعليمات ويمتنع عن التجمعات والاختلاط الذي سوف يؤدي بنا إلى نتائج لا يعلم مداها إلا الله.

تقوم ريبيكا ممسكةً بيد صديقتها: هيا بنا فقد وصلنا لمقصدنا.

(٢)

تدخل الفتاتان سريعاً قاعةُ الاجتماعات في المركز الثقافي الإسلامي حيث يجلس إمام المسجد الشيخ صلاح عبد الرحمن بوقاره المعتاد وسمته الهادئ ممسكاً بمسبحته والتي تمر خرزاتها على يديه كما تنساب المياه نحو غديرها ممزوجةً بتمتمات حانية تتناغم مع تلك الخرزات.

وفي الجانب المقابل من الطاولة يجلس د: ستيفانو ماجنون والذي يبدو عليه التأهب للمناقشة والحوار.

د ـ ستيفانو: بنظرة حادة وعبارات صارمة:

ألا ترى أنه من الأفضل في مثل تلك المصائب التي ألمت بالعالم التعيس أن نستنير بالعلم المادي بعيداً عن خرافات العقائد البشرية، ونفسح المجال للأطباء والعلماء والصيادلة يدرسون وجود الفيروس المادي، وتأثير حمضه النووي على خلايا الإنسان، ومِن ثَمَّ إيجاد الحقن والأمصال والعلاج الشافي؟

الشيخ صلاح: بهدوئه المعتاد وقد بدت ابتسامته كأرض رحبة تستوعب العواصف العاتية وثورة البراكين: وهل في عودة الناس لربهم واللجوء إليه وقت الشدة ما يتعارض مع الأخذ

بالأسباب والسعي الحثيث نحو تخفيف معاناة البشر وإيجاد العلاج المناسب؟

د ـ ستيفانو: وماذا عن هؤلاء الذين لا يفكرون بمواجهة الفيروس وقرروا الهروب منه الى عالم ما بعد الحياة كما صورته لهم أديانهم؟ ألا ترى أنهم ميتون في الحياة قبل أن يذهبوا الى قبورهم ويسكنوا فيها الى الأبد؟

الشيخ صلاح: سؤالك يا د ـ ستيفانو يشوبه بعض المغالطات ؛ فربنا سبحانه يذكرنا دوماً بالعلاقة الحتمية بين المادة والروح كقوله تعالى: " هُوَ الَّذِي جَعَلَ لَكُمُ الْأَرْضَ ذَلُولًا فَامْشُوا فِي مَنَاكِبِهَا وَكُلُوا مِن رِّزْقِهِ ۖ وَإِلَيْهِ النُّشُورُ " فالذي سخر لنا الأرض أمرنا بالأخذ بالأسباب المادية دون أن نغفل التعلق بربها وخالقها والإذعان له وطلب العون منه، ولا ننسى أبداً مهما بلغنا من العلم والقوة فإن مصيرنا الموت ثم يبعثنا الله من قبورنا يوم القيامة للحساب والجزاء.

د ـ ستيفانو: إنني أتعجب من فعل الاستغفار الذي يكرره الواحد منهم عشرات المرات في اليوم وهو لم يقم أبداً بأي فعل ينكره الضمير الإنساني، وأود أن أقول لك بوضوح: بأن الشيء الأساسي الذي يمارسونه من الأفعال لا يعدو إلا أن يكون ممارسةً يائسةً لتلبية نوازع غرائزهم وإشباعها.

تهمس ريبيكا في أذن أمل: يا له من متعجرف لا يعترف إلا بكل مادي محسوس!

أمل: علينا أن نلتزم الصمت حتى ينتهي الحوار ثم نسترجع سويا ما دار فيه.

الشيخ صلاح: الاعتصام بالله والاستغفار ليس من الغرائز المادية التي يتم إشباعها كما يفعل من لا يؤمن بالله تعالى، بل هو اعتراف بضعف البشر مهما بلغوا من قوة أن هذا الكون له خالق يدبر أمره

يقاطعه د ـ ستيفانو: إذاً وما علاقة ذلك بالأمراض والأوبئة الفتاكة حضرة الشيخ!

يرد الشيخ صلاح: دعني أكمل لك د ـ ستيفانو فإن مثل هذه الأمراض تنبهنا إلى ضعفنا وقلّة حيلتنا أمام قدرة العليّ العظيم جلّ شأنه؛ فهذا مخلوق مجهريّ أثار الرّعب والذّعر في نفوس سكّان القارات السّبع، كيف لو أراد الله أن يسلّط على البشرية بعضا ممّا سلّطه على الأمم الخالية؟ مهما بلغت البشرية في تقدّمها العلميّ فإنّها ستظلّ ضعيفة أمام قدرة القدير سبحانه.

د ـ ستيفانو: ـ بنبرة كلها استهزاء وسخرية ـ لكني أراهم يواصلون ليلهم بنهارهم في الاستغفار، وفي طلب العفو من قوة يؤمنون بأنها تراقبهم من وراء ستار ؛ إنهم في هذا الموقف متناقضين جداً فهم في الوقت الذي يؤمنون فيه بأن أعمارهم محددة من قبل تلك القوة، وأنه لا يمكن لهم ولا لأية قوة أخرى تغيير مواعيدها، تراهم يملؤون دنياهم بالشكوى اذ هم يشعرون بأنهم ميتون لا محالة في هذه اللحظة أو في اللحظة التالية.

الشيخ صلاح: ـ وقد تقلصت ابتسامته متمتماً: تعالى الله عما يقولون علواً كبيراً

المؤمن الحق يا د ـ ستيفانو لا يهابُ الموتَ لأنه يعلم أنه أمرٌ حتميٌّ يعقبه حياةٌ أبديةٌ، وأن هذه الأوبئة والفيروسات مِن قدر الله تعالى يُهلك بها مَن يريد هلاكه بأضعف جنوده، كما أنها من سنن الله تعالى يصيب بها من يشاء من المؤمنين ومن غيرهم، ويؤدب بها من يشاء، ولكن المؤمن المصاب بها والصابر عليها له أجر الشهيد، أما الخوف من الموت فهو من نصيب من لا يؤمن ببعث ولا نشور لأنه بموته يخسر متعته الدنيوية الزائلة.

د ـ ستيفانو: وقد شعر بتضايق الشيخ فحاول أن يلطف الحوار بابتسامة باهتة ونبرة أقل حدة:

وما رأيك في انقسام الناس إلى فريقين؟ ، فريق مستهتر بهذا الوباء إلى حد السخرية، ولا يُبالي بأي أسباب الوقاية مما يؤدي في النهاية إلى هلاك نفسه أو غيره، وفريق آخر خائف مذعور يَبُثّ في الناس الهلع والرعب حتى يصل بنفسه والآخرين إلى حد اليأس واستحالة النجاة.

الشيخ صلاح: ما علينا إلا أن نلتزم بظاهر الحكمة والأخذ بالأسباب مع تمام الاطمئنان والرضا و الاستقرار النفسي والقلبي لمُسبِّبِ الأسباب سبحانه وتعالى.

د ـ ستيفانو: وهل تظن أن هذا الفيروس يحمل إلينا رسالةً ما من السماء كما تعتقد في زعمك؟

الشيخ صلاح: نعم فهناك رسالة واضحة وجلية مفادها أنك أيها الإنسان لستَ سيّداً لهذا العالم، وأنّ كائناً صغيراً من دون قدرات عقليّة، ولا وكالات تجسسيّة، ولا ميزانيات دوليّة، أطاح بك. لتعترفوا بأنكم بني البشر كائناتٍ هشّة تحت رحمته. و أنّه لا مجال لرشوته، فهو غير معنيّ بسلطتنا أو عقيدتنا أو لوننا أو جنسنا، لقد جاء ليعيدنا إلى حجمنا الطبيعيّ.

د ـ ستيفانو: وقد ضاق ذرعاً بصلابة الشيخ صلاح وتمسكه بربط أحداث الأرض بالسماء:

مع اختلاف رؤيتنا للأمر دعني أتفق معك في أنني أتمنى زوال تلك الكارثة وانقشاع تلك السحابة المظلمة عن بني البشر.

الشيخ صلاح: وأنا من جانبي أتمنى للبشرية جمعاء أن تعودَ إلى الله والاحتماء بحماه، وأن تسلك سبيل التّوبة وكثرة الاستغفار، فلن تعود كل الطرق تؤدي إلى روما إلا بالعودة لربها وأن تعدل مسار رحلة (كوفيد-١٩) إلى رحاب السماء فقد أغلقت كل مسارات البشر.

ينصرف د ـ ستيفانو متعللاً بارتباطه بموعدٍ هام فيودعه الشيخ صلاح ثم يقوم هو ليستعد لأداء صلاة العصر.

تشكر ريبيكا الشيخ صلاح على السماح لها بحضور تلك المناقشة ثم تستأذنه في الانصراف مع صديقتها أمل لنيل قسط من الراحة والاطمئنان على أهلها، فلربما يتم استدعاؤهما في أي وقت للعمل في ظل الظروف المتلاحقة.

تندفع أمل نحو والدها لتودعه فيضمها إليه ويطبع قبلة حانية على جبهتها متمنياً لها التوفيق قائلاً :

أدعو الله أن يحفظكما بحفظه ورعايته ولا تنسيا أنكما مظهراً من مظاهر الرحمة جعلها الله في أرضه للتخفيف عن المرضى والمبتلين.

(٣)

تخرج الفتاتان سريعاً متجهتين نحو مترو الأنفاق للعودة إلى البيت لاقتناص سويعات من الراحة ليكونا على أتم الاستعداد لتلبية نداء الواجب والضمير الإنساني النبيل.

ينطلق القطار تجاه المحطة التي تجاور العمارة السكنية التي يسكن فيها كلا الفتاتين.

أمل: ما رأيك يا صديقتي فيما دار من نقاش اليوم بين وجهتي نظر مختلفتين في تحليل الأمور؟

ريبيكا: مَنْ يعتقدُ أن الملحدين منطقيون أكثر من المؤمنين فقد جانبه الصواب، فهناك مؤمنون عقلانيون، وملحدون يصدقون أفكاراً خرافية.

أمل: نعم فهناك مَن لا يؤمنُ بقدرة الصلاة والعبادة والدعاء على الشفاء، في حين أن إصراره على معتقداته الفاسدة وتبنيه لنظريات أثبت العلم فشلها مثل نظرية داروين عن النشوء والارتقاء هو قمة الجهل والخرافة.

ريبيكا: أكثر ما أعجبني اليوم هدوء أبيك وقدرته على التعامل مع طريقة د ــ ستيفانو المستفزة ومحاولته لإخراج أبيك عن شعوره إلا في موضوع واحد بدت فيه حدته وتغيرت نبرات صوته

أمل: نعم، لاحظت ذلك عندما تهجم د ــ ستيفانو على ذات الإله سبحانه وتعالى، وهذا أمر لا يتقبله أبي مطلقاً.

تتغير ملامح ريبيكا فجأة ويبدو عليها الغضب والاشمئزاز وهي تطالع هاتفها.

أمل: ما بكِ يا صديقتي؟ وما الذي أغضبك لدرجة أنك لا تكادين تسيطرين على مشاعرك وردود أفعالك؟

ريبيكا: انظري لهذا المقطع من الفيديو لبعض المصابين بوباء كورونا بالصين والذين يتعمّدون السّعال والبصق في وجوه مَنْ هم حولهم حتى ينتشر المرض بينهم ويعمّ،،،،، وإذا كان هذا فعلهم ببني بلدهم وفعل بعضهم ببعض، فكيف يمكن أن يكون فعلهم بغيرهم من النّاس؟

أمل: وهذا دليل آخر على أنّ المجتمعات المادية ليست مثالية في أخلاقها، بل إنّ ماديتها قد تكون وبالاً عليها في أوقات الأزمات وأن عليها العودة لربها والتمسك بالأخلاق الفاضلة وما يمليه الضمير.

ريبيكا: كم نحن في حاجةٍ ملحةٍ إلى رفع الصوت والدعاء بروحٍ واحدة، على نية المرضى المصابين بالفيروس وأسرهم، ولأجلِ الطواقم الطبيّة والصحيّة التي تخاطر بصحتها في سبيل العلاج والوقاية.

أمل: أتفق معكِ صديقتي فنحن في حاجة إلى الدعاء والاستغفار وتنقية النفس وإعلاء معاني التسامح وحب الخير للناس أجمعين.

ريبيكا: إذا هي فرصةٌ لاختبار الأخوّة الإنسانيّة في عمقها الإلهي، وإلى فرصة للولوج إلى الداخل ولإعادة اكتشاف معنى وجودنا والقيم الروحيّة والإنسانيّة الأصيلة.

أمل: ها نحن قد وصلنا.

تضغط أمل على أزرة المصعد لاستدعائه وفجأة: تصرخ، يا لها من مناظر يندى لها الجبين!

ريبيكا: وقد انتابها القلق والخوف، ما بك يا أمل؟

أمل: رأيت رجلاً يتعمد إبعاد كمامته عن أنفه ثم يعطس على الدَرْبَزين ناثراً عليه عطاسه وما قد يحمله من ميكروبات وفيروسات.

ريبيكا: يا ليت الأمر ينتهي عند هذا يا صديقتي، فالناس لا تريد أن تفهم أنهم يدخلون أنفسهم في دروب الموت وإهلاك الآخرين.

تندفع أمل نحو الدرج صارخةً: سيدتي انتبهي لأطفالك لحواف الدرج فربما تكون حاملة للعدوى.

تنظر السيدة لأمل نظرة سخريةٍ واستخفافٍ ثم تواصل صعودها الدرج وأولادها الصغار يعبثون بالدَرْبَزين.

أمل: يا الله! كيف لها ألا تأخذ بالنصيحة على محمل الجد والاهتمام؟

ريبيكا: سوف نستيقظ يوماً ما على كارثة تحل بالبلاد؟

أمل: ها نحن قد وصلنا، أبلغي سلامي للسيدة ماريا والسيد/ روبيرتو باتسي.

ريبيكا: وهي تدخل مسرعة نحو الشقة التي تقطن بها ، في حفظ الرب أختي العزيزة.

(٤)

في غرفة محمد صلاح جلست أمل أخته قريبة منه تتأمله وهو نائم، فقد عاد في ساعة متأخرة من الليل من مدريد وتوجه مباشرة لسريره دون أن يُعلم أحداً بعودته.

لاحظت أمل أن أخاها يتصبب عرقاً على غير عادته وضربات قلبه أسرع من المعتاد.

حاولت أن توقظ أخاها برفق وهي تتمتم ببعض الأدعية، وترجو الله ألا يكون قد أصاب أخاها مكروهٌ في فترة سفره إلى إسبانيا.

استيقظ يا محمد فقد أشرقت الشمس منذ أكثر من ساعة ولا شك أنك لم تصل صلاة الصبح.

يرد عليها وهو يفرك عينيه محاولاً القيام من فراشه، كيف أنت حبيبتي ؟   لقد صحوت على صوتك وأنت تتمتمين ببعض الأدعية والاستغفار.

نعم يا محمد كنت أمسح عنك العرق وأضع لك كمادات باردة، فدرجة حرارتك غير مطمئنة قليلاً وقد دعوت الله أن يحفظك ويرد إليك عافيتك.

كانت أمل تتابع حالة أخيها وتراقب الأعراض التي تظهر عليه مخافة أن تكون تلك الأعراض مقدمة لإصابته بفيروس كورونا.

يقاوم محمد ما به من إرهاق ويقوم من سريره ليتوضأ ويؤدي صلاة الصبح.

تتطلع أمل إلى الصور المعلقة في كل جوانب الغرفة للاعبي كرة القدم وأخبار نادي ليفربول ونجمه المصري مو صلاه، ألن تخفف من إدمانك لتلك الأمور يا محمد وتلتفت لدراستك ومستقبلك فأنت تعلم أنها تحزن أبانا وتنال من فكره وراحة باله.

يعود محمد إلى سريره مبتسما ابتسامة يغلفها الإعياء ويشوه جمالها التعب والإرهاق.

كل شيء له ميعاد يا أمل ولكن أخبريني عن عملك وعلاقاتك مع الآخرين؟

أمل: وقد أشرق وجهها بابتسامة رقيقة ثم اقتربت من أخيها ونظرت له نظرة حانية: أي آخرين تقصد يا مو!

محمد: وقد بدا عليه بعض الارتباك: الآخرين يا أمل ـــ القريبين منك.

أمل: إن كنت تقصد أباك فهو بخير يا مووو.

محمد: وقد بدا عليه التوتر والضيق: أخبريني عن صديقاتك أيتها الملاوعة.

أمل: إن كنتَ قصد ريبيكا فهي ـ كما تعلم ـ صديقة عمري التي تلازمني منذ طفولتي ودراستي وحتى في عملي وتشاركني في أفراحي وأحزاني، ولكن لماذا تسأل عنها؟

يتلعثم محمد في الكلام ويحاول أن يخفي توتره وارتباكه: مجرد سؤال يا أمل.

أمل: وهي تواصل متابعة حالة أخيها الصحية، هي بخير يا مو، وهي أيضاً دائمة السؤال عنك ويبدو أني قد صرت همزة الوصل بين ال ـــ تنتفض من مكانها وقد راعها ارتفاع درجة حرارة أخيها.

محمد: محاولاً استجماع قوته: همزة وصل بين مَن يا مراوغة؟

أمل: محاولة إخفاء دموعها، بضحكة بريئة مداعبةً أخاها: بين القلوب الطيبة يا مو ، أنت الآن في حاجة إلى الراحة، فرحلتك على ما يبدو كانت مرهقة لذا سوف أتركك لترتاح قليلاً من عناء السفر ونستكمل حديثنا عن همزة الوصل والحروف التائهة بحثاً عن نقاطها الجميلة.

يستسلم محمد لنصيحة أخته ويخلد للنوم على أمل أن يسترد عافيته سريعاً.

تخرج أمل مسرعة وتتصل بصديقتها ريبيكا التي كانت سبقتها للمستشفى كي تخبرها بشكها في إصابة أخيها بأعراض فيروس كورونا وتستشيرها فيما يجب فعله.

(٥)

داخل وحدة العناية المركزة بمستشفى سالفتور أوبيسدل بوسط روما، حيث شُغلت كلُ الأَسِرّةِ المتوفرةِ بالمستشفى بالحالات المصابة بفيروس كورونا.

تسارع الممرضات بتقديم يدَ العون للحالات المرضية، والكل يتحرك كخلية نحلٍ لإنقاذ ما يمكن إنقاذه

تستلقي ريبيكا وأمل في استراحة الممرضات لالتقاط الأنفاس وأخذ قسط من الراحة لمدة ساعة لمعاودة العمل مرة أخرى.

يظهر رئيس وزراء إيطاليا جوزيبي كونتي على شاشة التلفاز:

أيها المواطنون: انتهت حلول الأرض، لقد فقدنا السيطرة كلياً، الأمر متروك للسماء.

صلوا من أجل ايطاليا، القرار الصائب الآن هو البقاء في المنزل، مستقبل إيطاليا بين أيدينا ويجب أن تكون هذه الأيدي مسؤولةً اليوم أكثرَ من أي وقت مضى وعلى الجميع أن يقوموا بأدوارهم.

ريبيكا: وهي تبكي بحرقة، الأمر جد خطير يا أمل وعلى الجميع الالتزام بالتعليمات التي حددتها منظمة الصحة العالمية ووزارة الصحة الإيطالية.

أمل: في لوعة لا تقل عن صديقتها، لا يجب أن تصل مشاعر الخوف والرعب إلى المرضى لأن الرعب والخوف صارا سَيِّدَيّ الموقف الآن، ولا أمل في شفاء من استسلم لهذين الوحشين.

ريبيكا: نعم فقد حظّر الأطباء منهما قائلين: إن عدوَ الإنسانِ الأولَ التوترُ والخوفُ ؛ فالتوتر والخوف حبل المشنقة الملتف على رقبتك فهو يجعل أجهزة المناعة ترتعش ولا تستطيع تنفيذ وظائفها.

أمل: مع الأسف فإن عدد حالات الإصابة بفيروس كورونا في ايطاليا يمثل التفشي الأكبر خارج الأراضي الصينية فَقَدْ خسر

٤٧٥ شخصاً حياتهم في يوم واحد بل والأصعب من ذلك وفاة ١٠٨١٦ حالة على مستوى العالم في يوم واحد.

تنهمر دموع أمل متجهة ببصرها نحو السماء: أغثنا يا الله.

تدخل عليهما زميلتهما فيوليتا تكاد لا تحملها قدمها وهي على وشك الانهيار.

هل سمعتما عن تلك الفاجعة الجديدة؟

ريبيكا: ما وراءك يا فيوليتا؟ فإن المصائب لا تأتي فرادى.

فيوليتا: بعض المستشفيات أعلنت عن أنها قد تضطر إلى الاختيار بين من يتلقى العلاج أولا لإنقاذ حياته ومن يُحرم من ذلك بسبب ارتفاع عدد المصابين.

أمل: نعم فقد قرأت اليوم تصريحاً محزناً لفيرونا سالارولي، رئيس وحدة الرعاية المركزة في مستشفى في بيرغامو، الواقعة في المنطقة الشمالية من مدينة لومباردي، لصحيفة "كوريري ديلا سيرا: " إذا كان عمر الشخص بين ٨٠ و ٩٥ عاما ويعاني من ضيق تنفسي شديد، فمن غير المحتمل أن يحصل على العلاج.

ريبيكا: إنها النفعية والميكافيلية البشرية في أبشع صورها! فهم في ظنهم ما عاد لهم نفعٌ ولا فائدة.

فيوليتا: إنها كلمات بالغة الصعوبة، لكنها للأسف حقيقة، فلسنا في وضع يسمح لنا بتجربة ما يسمى معجزات.

أمل: يظل الأمل في الله يا فيوليتا فإن ربنا لا يعجز عن تدمير جرثومة لا ترى بعين مجردة على الإطلاق وهو الذي يسلطها على من يشاء ويصرفها عمن يشاء.

ريبيكا: للأسف الوضع يزداد سوءا يوما بعد يوم، لأننا قد وصلنا إلى الحدود الاستيعابية القصوى من حيث توفير أَسِرّةً للرعاية المركزة، وكذلك الأقسام العادية، لعلاج مرضى فيروس كورونا.

فيوليتا: إننا اليوم نواجه تسونامي" من المرضى، بعد أن أصبحت الأجهزة الطبية التي تعالج مشاكل التنفس ذات قيمة كبيرة.

أمل: مع الأسف بدأ الكثير من زملائنا في الانهيار والتساقط مثل أوراق الشجر في فصل الخريف.

فيوليتا وهي تبحث في الغرفة بعصبية عن زجاجات التعقيم: والأسوأ من ذلك أن بعض زملائنا أصابتهم العدوى بسبب مخالطة المصابين ومن ثم أصابوا أيضا أقاربهم، وبعض أقاربهم يعانون بالفعل وهم بين الحياة والموت.

فجأة تفزع ريبيكا من مقعدها وتتوجه بسؤالها لأمل: لقد انشغلنا بالحالات المرضية حتى نسيتِ أمر أخيك محمد ، أخبريني كيف انتهت به الأمور؟

أمل: بابتسامة ماكرة، ظننت أن أمره يهمك ولا يلهيك عنه ما نحن فيه لمدة أسبوع!

تحاول ريبيكا أن تخفي اهتمامها بنظرة جمعت بين اللهفة والعتاب. ومَن منا لم تستغرقه الكارثة التي حلت بالبلاد؟

بنظرة حب وابتسامة حانية ترد أمل: صار له أسبوع في الحجر الصحي ويبقى له مثله وبعدها يعود للمنزل إن شاء الله مع توخي الحذر والالتزام بالتعليمات.

ريبيكا: وماذا عن أبيك؟

أمل: لا أخفي عليك أن أبي يمر بحالة حزن شديدة بسبب تغيبي عن البيت بسبب عملنا هنا في قسم العناية المركزة وحالة الطوارئ التي نمر بها، إضافة إلى وجود أخي بالحجر الصحي، لكن ما يزيد من أحزانه فعلا هو قرار منع إقامة صلاة الجمعة والجماعات في المساجد وهذا ما يجعله يتجرع ألماً وحزناً رغم علمه بخطورة الأمر ووجوب الالتزام بالتعليمات.

ريبيكا: وهي تحاول أن تنتزع المزيد عن أخبار محمد، وماذا عن حالة أخيك ومعنوياته؟

أمل: لعل حالته المعنوية العالية واقترابه كثيراً من ربه في تلك الفترة هو ما يخفف على أبي محنته وألمه.

تنتفض أمل من مقعدها وهي تمسك بيد صديقتها قائلةً : لقد مرت الساعة سريعا وعلينا الآن أن نعود لنباشر عملنا ونعطي فرصة لغيرنا من زميلاتنا لأخذ قسط من الراحة.

ريبيكا: فعلاً، فلدينا الكثير والكثير من المهام الشاقة.

(٦)

في إحدى الغرف التي امتلأت أسِرَّتِها عن آخرها بالمرضى والعجائز المصابين بفيروس كورونا يقوم الأطباء والممرضات بمتابعة الحالات وبث الطمأنينة والأمل بين المرضى.

أحد المرضى ويُدعى فرانشيسكو يعلو صوته ساخطاً على مرضه: لماذا نحن تحديداً الذي أصابنا المرض؟ وما الذي اقترفناه من خطايا لنقع فريسة سهلة لهذا الوحش الكاسر؟

أمل: تحاول أن تخفي تضايقها من قول الرجل بابتسامتها المعهودة ثم تتجه نحوه لتهدئ من روعه: الآجال مقدرة ومهما احترزنا فسيصيبنا ما قدره الله علينا وعلينا أن نرضى بقضائه كي يلهمنا الصبر والقدرة على مواجهة الصعاب.

يأتي صوت خافت من إحدى العجائز وتُدعى أوتافيا: عليك أن تنصت إليها وأن تحافظ على الإيجابية والهدوء ؛ فلعل هذا يقوي من مناعتك ويمنحك القدرة على التعافي والشفاء.

يرد عليها فرانشيسكو ساخراً: وكأنك تريدين أن تقنعينا أننا من صنعنا فيروس كرونا وكنا سبباً في شقاء البشر.

أمل وقد أثارها كلام فرانشيسكو وأثار شجونها حتى بدت شاحبةً قد اعتصر نضارتها ذاك السؤال:

نعم سيدي فنحن من صنعنا الكورونا عندما شاهدنا صورةَ ذلك الطفل البريء الذي أعلن الشاطئُ شهادةَ وفاته حين غرقت

عبارةُ النجاةِ المتهالكة، وكأنما قدر لذلك الطفل اغتيال طفولته وشهدت اغتياله رمال الشاطئ الحزين.

أوتافيا: وقد علا نحيبها، صدقتي يا بنيتي.

أمل: نحن يا سيدي مَن صنعنا الكورونا عندما سمعنا أصواتَ سياراتِ الإسعافِ في مناطق الحروب ومناظر اللاجئين وأطفال اليمن بينما يلتهمهم وباء الكوليرا واحداً تلو الآخر ولم نقدم لهم يد العون والمساعدة.

نحن من صنعنا الكورونا عندما شاهدنا مناظر أطفال المجازر تحت الأنقاض وأدرنا ظهورنا للمرضى في مخيمات اللاجئين حيثُ لا ماءَ لا دواء ولا طبيبَ ولا هواءَ ولا غطاءَ.

أوتافيا: نعم بنيتي حتى مباريات كرة القدم التي يتابعها فرانشيسكو صارت بلا جماهير بعد أن زكمت الأنوف من التظاهرات العنصرية التي يمارسها البشر ضد البشر.

أمل: وقد انسابت دموعها رغماً عنها: نحن من صنعنا الكورونا يا سيدي لما أغمضنا أعيننا عن الحصار الذي تفرضه الدول على بعضها البعض وما تفرضه من عقوبات دون وجه حق، لعللك لم يَرُقْ لك طوابير اللاجئين على الحدود ينتظرون جوازات العبور عبر الحدود الظالمة التي صنعها بنو البشر.

ثم تخرج أمل من الغرفة وقد فقدت السيطرة على دموعها وأحزانها.

أوتافيا صارخةً في وجه فرانشيسكو: هل علمت الآن كيف صنعنا الكورونا أيها المتعجرف أم تحتاج إلى المزيد؟

يشيح فرانشيسكو بوجهه عنها وقد بدت عليه أمارات الخجل والانسحاب داخل ذاته المتكبرة والتي صغرت كالذباب أمام كلمات أمل وانهارت أمام دموعها.

(٧)

في غرفة العناية المركزة حيث ترقد الحالات الحرجة المصابة بفيروس كورونا.

تدخل ريبيكا مندفعةً بعدما سمعت بإصابة إحدى الممرضات بالعدوي جراء اختلاطها بالمرضى أصحاب الحالات الحرجة.

تنفجر ريبيكا بالبكاء وتسقط على الأرض بعدما فشلت قدماها على حملها حين رأت صديقتها ورفيقة عمرها راقدة على أحد أسرة الحالات الحرجة.

يخرج صوتُ أمل ضعيفاً رقيقاً برقتها وابتسامتها التي ما كانت تفارق محياها يوماً ما.

أنا بخير صديقتي وكل قدر الله خير فلا تستسلمي للحزن والخوف حبيبتي.

ريبيكا: كما عاهدتك قوية ومتماسكة حبيبتي ولا زلنا نستلهم منك قوتنا وأملنا حتى وأنت في لحظات المرض والضعف.

أمل: اليوم المساجد بلا مصليين والكنائس بلا مصليين والمعابد أخليت من الناس والكعبة في سكون لا طواف ولا حراك وما عاد للبشرية من خلاصٍ إلا بالعودة لربها والإذعان له.

تحاول ريبيكا أن تبدو متماسكة أمام صديقة عمرها والتي بدا نورها يخفت رويداً رويداً وقد وضعت إحدى قدميها نحو مشاعل النور ورحابة السماء.

أعلم أنك تثشتاقين لمحادثة أبيك وأخيك لتطمئني عليهما، يمكنك الحديث إليهما عبر الهاتف لأن إدارة المستشفى ـ كما تعلمين ـ لا تسمح لأحدٍ من خارج الطاقم الطبي بمخالطة المرضى والمصابين.

تنظر أمل لصديقتها نظرة امتنان ورضا، حيث يأتيها صوت أبيها بهدوئه المعتاد الذي كساه الحزن وملامح الألم على ما آلت إليه حالة ابنته.

لعلك بخير يا زهرة عمري وحبيبتي.

أمل: أنا بخير يا أبي فلا تحزن ولا تتألم لتنل جزاءَ الصابرين.

يعلو نحيب الشيخ صلاح قائلاً: اللّهم ارفع عنّا البلاء وجنّبنا سوء القضاء وارزقنا العافية إنّك على كلّ شيء قدير.

يلتقطُ محمد الهاتف من والده وقد سيطر عليه الحزن، ستعودين بخير يا أمل كما كنتِ، وتشرق شمسك البهية علينا ونستلهم منك معاني الصبر ومعالم الصمود.

أمل: سأظل معك يا محمد مهما حدث، فالأرواح لا يمكن أن تتفرق ولكن عليك أن تعلم أن لكل أجل كتاب.

يعلو نحيب محمد: أرجوك لا تجهدي نفسك في الحديث يا أمل حياتنا وإشراقاتها.

أمل: الأمل لا ينقطع ما دامت تسري فينا أنفاس الحياة ؛ و ما زال الأمل معقوداً في أن يعود العالم لرشده ويُعدل من مسار الرحلة ١٩ التي فشلت كلُ مطارات الأرض في احتوائها وما عاد لها غيرُ عنان السماء.

تمسكِ أمل بيد ريبيكا، عدني يا محمد عندما ترزق بابنة بعد زواجك من رفيقة عمري ريبيكا أن تسميها أمل كي أظل حاضرةً بينكم من جديد.

يرتفع عويل محمد وقد اختنقت منه معاني الكلمات، أعدك يا أغلى الناس.

أمل: وقد بلغ بها الجهد مبلغه وصار العرق يتصبب منها كأمطار السماء في يوم شتاء عاصف:

يا أبي أحب أن أسمع منك بشرى الله للصابرين على البلاء.

ينتحب الشيخ صلاح ويحاول أن يتماسك ليحقق لابنته مطلبها:

بنيتي، يقول الله عز وجل: يا ابن آدم، لو بلغت ذنوبك عنان السماء، ثم استغفرتني غفرت لك ــــــ.

يختنق صوت والد أمل ويستسلم لعبراته فيأتيه صوت أمل ضعيفاً: أكمل يا أبي.

الشيخ صلاح: ، يا ابن آدم، إنك لو أتيتني بقراب الأرض خطايا ثم لقيتني لا تشرك بي شيئا ــــــ.

أمل: لأتيتك بقرابها مغفرة.

ثم تسلم روحها لبارئها وقد علا صوت ريبيكا بالبكاء والنحيب منكبةً على جسد أمل تقبله وتقبل يديها التي طالما كانت تحتضن يدها وتمنحها القوة والحنان صانعةً من ألمها ومحنتها أملاً للآخرين.

من أجل عينيكِ

(١)

ومع غروبِ شمسٍ يومٍ من أيام اللهفةِ ومعاناةِ قسوة ساعات الانتظار جلس خالد ينظر للشمس وهي تذوب عشقاً في مياه البحر الذي أغراها بحبه وبهجة لقائه حتى ابتلع قرصها القرمزي في محيط مياهه الزرقاء.

بدا الليل وقد وشَّح الدنيا بسواده الحالك وراح يفرضُ سطوته على الشاطئ رويداً رويداً حتى أذعنت مملكة الشطآن لسلطانه وقبلت باحتضان صولجانه بين رمالها ولو إلى حين.

- تمدّد على كرسيه وجهاً لوجه مع صديقه القديم، يستمع لصوت أمواجه وهي توشوشه همساً حانياً وقد أغمض عينيه ووضع يده على الكرسي الذي يعانق كرسيه، يتحسسه ويعاتبه:

كم أخشى أن تخلفَ وعدها لنا أيها الخاوي من نورها الذي يضيئ ظلامنا ، ودفءِ هواها الحاني الذي يسري في أيدينا فيحيي أجساداً قست عليها دنيا البشر ومتاهات القلوب، دفءٌ كنورِ شمسٍ في شتاءٍ يومٍ عاصفٍ يداوي جراحَ الحب ولوعة الشوق والحنين.

جلس يعاتبها ويناجيها: حبيبتي هل هنتُ عليكِ حتى تركتيني أعاني نيران شوقي وحيرتي وقسوة الانتظار؟

متى تدركين حبيبتي أن هواك هو حياتي ومهجتي وأني في حكم المفارقين حياتهم إن نال مني هاجس البعد وخيالات الفراق؟

جودي بحبك وارحمي من أحرقته نيران اللهفة وأضنته آلام البعاد.

- كهمسٍ حالمٍ هب نسيمها الرقيق، وراحت تناجيه:

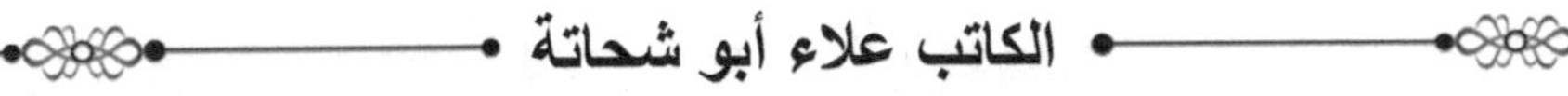

- ليلى: تعلم أني ما كنت أعرف معاني الحب قبلك حبيبي، وتوقفت عقارب الساعات عند لقائنا يا مهجة قلبي ونور أيامي وفرحتها،   وغَيَّرتها بدقات قلبي ونيران شوقي ولهفتي إليك ، حتى ما عاد لعينٍ أن تستطيع أن تقرأ عقاربَ الساعاتِ من سرعتها وصخب دقات الفؤاد.

- شعر خالد أنه يحلمُ بهذا الصوت الشجيّ لولا أنه شعر بدفء يدها يسري في يده ويحي جسده الذي جمده برد الليل وبرد البحر وبرد الخوف ألا تحضر في موعدها وتوفي بوعدها له، سارع يتلمس يدها بلهفة طفلٍ حائرٍ بين سيقان البشر وازدحام العابرين فَرَاحَ يتشبث بجلباب أمه حيث منابع الأمان.

- احتضنت بيدها رهبة يده وارتعاش أنامله ثم داعبته كي تخفف عنه من قلق الخوف وهاجسه أن تحرمه الدنيا كما عودته من فرحةٍ تكتمل أو فجرٍ صادقٍ يفلت من قبضة الليل البهيم،

- أجبني حبيبي لمَ الخوف وقد تعاهدنا على حبٍ ووفاء لا يخضع لقوانين الغدر ولوائح الفراق؟

- يتهرب من سؤالها قائلاً:   أجيبي أنت: ما أجمل كلمة تحبين سماعها مني حبيبتي؟

- ابتسمت كنور الشمس حين تطل ببهائها على الدنيا بأسرها، ها قد سمعتها توّاً منك حبيبي ولكن أخبرني عنك أنت يا لهف قلبي ومهجتي؟

- تخف وتيرة قلقه ويملأ صدره بنفسٍ طويلٍ بملء الطمأنينة التي تسربت إليه من دفء أنفاسها وصدق حروفها المتناغمة، أجمل الكلمات حبيبتي عندما تحتضنين ضعفي وتضمين شوقي ولهفتي بمحراب هواك ثم تهمسين لروحي الظمآى: لا أريد شيئاً من الدنيا سواك.

- تحاول أن تخفي القلق الذي بدأ ينتقل منه إليها، لم تجب عن سؤالي أيها الماكر ولكن ثق أني بجوارك ما دامت تزور صدري أنفاس الحياة.

- يُقَبِّل أناملها ويمررها على شفتيه ويلثمها داعياً ربه ألا تقسو عليهما الدنيا وتتشعب بهما دروب الحياة

(٢)

كعادتهم يتسكعون في الطرقات ما بين العشش " الفلل " المنتظمة كانتظام خلية النحل في دقتها وجمالها بالمصيف العتيق، باحثين عن علاقات عابرة ومتأملين في وجوه البشر ومظاهرهم خاصة المتعلقة ببنات حواء، وقد تركوا صديقهم خالداً وحده يتأملُ البحرَ كعادته ويتابعُ قصورَ الرمال التي يُشَيِّدها العاشقون بدقات قلوبهم قبل أناملهم المتداخلة أملاً في عناقٍ لا ينتهي ولقاءٍ لا تخذله السنون، ثم ما يلبثُ أن تغدرَ بهم الدنيا وترسلَ إليهم بعضاً من إشارات الغدر حين تغدرُ أمواجُ البحرِ بقرى الرمال وقصورها المتناثرة بامتداد الشاطئ الصامت صمت أبي الهول عن قصصٍ بدأت وقصصٍ تذبلُ وأخرى تموت.

- عاد أحدهم ليرافق صديقه في وحدته، ألا تَمَلَّ من صمتك وتأملك للبحر ورمال الشاطئ واختفاء الشمس خلف ستور الظلام؟

- يبستم كعادته ابتسامة تخفي خلفها من الأوجاع والآلام أكثر بكثيرٍ من قسوة الأمواج وغدرها بقصور الرمال، ثلاثة عشر شهراً منذ عرفتها كما تعلم ومن وقتها ضَنَّت الدنيا أن تجود لنا بلقاء.

- لكنك تتواصل معها ولا شك أن الأقدار أرحمُ بك من عذابك الذي لا ينتهي، وخوفك الدائم صديقي العزيز.

- تنسابُ دموعه دونَ إرادةٍ منه، أخبرتني في آخر مرة أن عمها يصممُ أن يزوجها بابنه الذي رآنا مرةً وقد خالطت أقدامنا رمال الشاطئ وخضنا بأقدامنا في مياهه متناسين العيون التي ترقبنا حيث ظننت وقتها أني قد قتلت الخوف وراقت لنا الدنيا وصدق حنينها حيث ظننت أن لها بقايا حنين.

- لا عليك صديقي فلكل ضائقةٍ مخرجٌ، ولا أظن أنه يجبرها على أمر لا تطيقه هي فيغرس في حياتها معالم القهر ورايات الشقاء.

- ترتعشُ يده وهو يتحسس الكرسي المجاور له وقد خلا من نورٍ كان يبدد ظلامه، ودفءٍ كان يحييه، ألا تعلم أنه حُرِّم عليها أن تزورَ تلك الشطآن منذ تلك الواقعة أو أن تطأ قدمها مدينتا؟، وأقسم عليها أنه قد لا يتورعُ في إنهاء حياتي إن عاودنا حكاوينا وجددنا اللقاء.

- ارحم قلبك صديقي ففي الدنيا سعة وغيرها بين النساء كثير.

- يشيحُ بوجهه عن صديقه وقد ضاقت به الدنيا، أمثالك لن يدركوا مأساتي فأنت كشاربٍ من مياه البحر لا يرتوي منه ولو شرب المحيط.

- أمزح معك صديقي فأنا أعلم مدى تعلقك بها وحبك لها ولكن ما الجديد؟ وقد حال بينكما طوفانٌ من الغدر وأمواجٌ كالجبالِ من الحقدِ وسوادِ القلوب.

- سوف أسافر لها.

- هل جُننتَ صديقي! إنك تلقي بنفسك في أتونٍ من الهلاكِ ومغادرةِ الدنيا لا محالة.

- وما قيمةُ الدنيا إن خلت منها؟ وما قيمتي أنا إن خلت منها يميني؟
- لا تتسرع صديقي لعل الأقدارَ تأتي لك بما تتمنى وتتغير خارطةُ الشطرنج وتتبدل الأحجارُ على رقعتها.

(٣)

يسافر إلى بلدها غيرَ آبهٍ بالمخاطر التي قد تحيط به وترسم له مصيره القادم.

يصلُ إلى بيتها، ينتظرُ بالساعات قريباً من نافذة غرفتها، تلمحه فتتسارع دقات قلبها حتى كادت أن ينخلع قلبها من وقع ضجيج الدنيا وتسارع الأحداث، تتمني لو يبتعدُ، يركضُ بعيداً بعيداً قبل أن ينالَ منه حراس المدينة المظلمة ويسلمونه للكهنة وقطاع الطريق.

ما عادت الدنيا تغريه ببريقها الزائف، فقد احتوته هي بعينيها واستغرقته بسحرها حتى أنه ما عاد يسمعُ صراخها وهي تتوسل إليه أن يهرب، وما انتبه ليد الغدر وهي تحاول أن تُحَطِّم فيه بنيانَ الطين وتسكب دمه الذي طالما تمنى أن يخالط دماها.

بلهفة السنين وعطش القلوب وحنينها الجارف أبت هي أن تدعه لقسوةِ الدنيا ترسمُ بوجهها القبيح فصولَ النهايات، وجعلت جسدها الغض حائلاً بينه وبين غدرات الخائنين.

ارتضى هو أن يُخَضِّبَ الأرضَ التي تضمُ بيتها بدمائه وأن تفارقه أنفاسه وقد حقق أمنيته أن تكون هي آخر من يرى حين غدرت به أمواج الدنيا وتهدمت قصور الرمال على شطآنها.

تمنى أن يغمض عينيه وقد حرر روحه من قسوة السجان وظلمة البشر، وأن تستريح نفسه الظمآى وقد رأت في عينيها صدقَ عهدٍ ووعدٍ باللقاء.

لكنها كانت أسرع إليه من أمنيته وجعلت من جسدها درعاً صلباً تحمي به أملها نحو الحياة، وتشبثت بحلمها مهما كلفها ذلك من تضحيات.

أفاقت بالمستشفى، فإذا هو على السرير المجاور لها وقد سرى دمه في عروقها ليبقي على حياته هو عبر تمدد دفء يدها في جسده الذي طالما تمنى أن تجود عليهما الدنيا وتجمع بينهما حياة.

تعجب عمها من نبل أخلاقها عندما رفضت أن تتهم ابنه بمحاولة القتل وكان عجبه من تضحيتها من أجل حبيبها أشد.

انتبهت في عمق ذاته بعضٌ من معاني النبل والمروءة من بعد عقود من سنوات عجاف فبارك ذاك الطهر وسمح لنور الشمس أن يجتاز ستائر التعصب وحماقات النفوس.

(٤)

بدا الليل مرتبكاً وقد خسر جولته في هذه الليلة، حيث سيطر ضوءُ قمره السماويّ على رمال الشاطئ الدافئة، وأعطى لأمواج البحر التي تعانقُ رمالَ الشاطئ لوناً فضياً يسحرُ القلوبَ ويسر الناظرين.

حاول القمر أن يثبت ريادته رغم أنه قد نالت منه الغيرة وهو يرى قمراً آخر يسحر رمال الشاطئ ويغري أمواجَ البحرِ بمزيدٍ اندفاع لعلها تنعمُ بملامسةِ أقدامِ القمرِ وتعانقُ الرمالَ التي سبقتها إليه

هناك حيث كان الكرسيان أكثر التصاقاً من ذي قبل حيثُ
يسري دفءُ القمرِ الأرضيِّ في جسد حبيبه ودمه، وقد
تعانقت الأيدي مانحةً للعاشقين أسمى معاني الصدق
وراسمةً لهم معالمَ الأملِ وملامحَ الطريق.

الممر

(١)

عبرُ الممرِ الطويلِ حيثُ تتجاورُ عن يسارِه الصفوفُ الدراسيةُ المكدّسةُ بالطلابِ والكتبِ المهترئةِ والأحلامِ الرماديةِ، وعن يمينه فناءُ المدّرسةِ الذي تتوسطه الساريةُ التي يعلوها رمزُ الوطنِ والتضحيةِ والفداءِ ونسرٌ منكمشٌ أشاح بوجهه عن مشارقِ الشمسِ، ثم ينتهي الممرُّ بغرفةٍ خشبيةٍ صغيرةٍ ممتلئةٍ بأجسادِ المعلمين أو تكادُ.

يدخلُ عليٌّ فايدُ يحملُ بعضاً من وسائلَ وأدواتِ مادةِ الرياضياتِ ، وقد بلغَ منه الغضبَ مبلغه:

إلى متى نتحّملُ هذا القرفَ، ونقبلُ بِحَشْرنا في عشةِ الفراخِ !؟

يبتسمُ أسامةُ حلميّ كعادته ــ وهو منكبٌّ على تصحيح كراساتِ الطلابِ المتناثرةِ في كل مكانٍ وهو يتمتمُ:   فاعلٌ منصوبٌ بالكسرةِ! كَسْرُ رقبتِك يا ابن المنكسرةِ ــ ثم ينظرُ بطرف عينه من خلفِ نظارتِه: وما الجديدُ يا عبقريّ زمانك؟   وأنتَ تعلمُ أنّه لا يوجدُ موضعُ قدمٍ في مدرسةِ الأُنسِ والفرفشةِ لنتخذه غرفةً تليقُ بجنابك الساميّ.

تتحولُ رأسُ عليٍّ التي غادرها الشعرُ إلى عوالمِ اللاعودةِ إلى لونِ الأعلامِ الحمراءِ التي ينصبونها على الشواطئِ ساعةَ الخطرِ، وهو يتحسسُ بنطاله الذي نالَ منه أحدُ المساميرِ المتربصةِ بجدرانِ الغرفةِ الخشبيةِ:   مَنْ يتخيلُ أن يكونَ هذا الكوخُ غرفةً لمعلمين أفاضلَ أمثالِكم ونحن في مطلعِ الألفيةِ الثالثةِ؟   أنتم مَنْ

قبلتم بهذا الوضعِ المترديّ كوجوه هؤلاءِ المسوخِ المتناثرين في كل مكانٍ.

يردُ عليه محمودُ شعراويّ: هؤلاءِ المسوخُ هم أهلونا وطلابنا، تيكت إيزي يا مان، ثم اعتبرنا دخلنا الألفيةَ الثالثةَ يا سيديّ بظهورنا.

ينفجرُ أسامةُ ضاحكاً: أيةُ ظهورٍ تقصدُ يا رجلُ؟

محمودُ، ساخراً: المعنى في كرشِ الشاعرِ.

يجاهدُ علىُّ فايدُ للوصولِ إلى مقعده وعيناه تغادرُ جسدَ زميله محمودٍ سريعاً: خليك في العم سام بتاعك يا مستر.

ما كاد ينحشر علىُّ فايدُ في مقعده الضيق حتى يدخلَ عليهم مصطفى السمنودي حاملاً من الكتبِ والكراساتِ ما ينوءُ به العصبةُ من السُكارى، ثم يقذفُ بها قريباً من أكوامِ الكراساتِ التي تحيطُ بزميله أسامةَ من كل جانبٍ.

يصرخُ فيه أسامةُ وهو يحاولُ المحافظةَ على الحدودِ الفاصلةِ بين دولتيِّ اللغةِ العربيةِ والدّراساتِ الاجتماعية: حيلك حيلك! ما تخلطش أبو قرش على أبو قرشين.

يرتمي مصطفى على أقربِ المقاعدِ القريبةِ منه، وكعادته علا سبابه وألفاظه التي تحتاجُ إلى مقصِ الرقابة.

ـ الكيلُ طفحَ وما عدتُ أستطيعُ تَحَمّلَ المزيد من الإهاناتِ والمزايدةِ على تخصصي من الدخلاء على المادة.

يلاطفه محمود شعراوي: هدّي أعصابَك يا درش ، مين بس اللي عض ديلك النهاردة!

يفتحُ أحدَ الادراج التي تحوي أوراقاً تخصه، ويخرج منها جريدةً قديمةً نالت منها عواملُ التعرية وتروسُ آلةِ الزمنِ: مش عارفين أنا مين؟ أنا أول دفعتي في قسمِ الجغرافيا بتقدير جيد جداً، أنا القائمُ بأعمالِ قسمِ الدراساتِ الاجتماعيةِ بالمدرسة ـــ.

يقاطعه أسامةُ بنبرةٍ ساخرةٍ: أعصابك يا رجلُ، فالقسمُ العريقُ الذي تتزعمه يتكونُ أوله عن آخره من جنابك المصونِ و صديقِك اللدودُ يسري الحدق والمعلمةُ الجديدةُ حديثةُ التخرج.

يثورُ بركانُ مصطفى ملقياً مزيداً من حممه وصخورِه البركانيةِ، حَاسِب على كلامك يا أسامة واعرف مع مَن تتكلم.

ترتفعُ ضحكاتُ المتواجدين بالغرفةِ، فقد اعتادوا على ثوراتِ مصطفى اليوميةِ التي لا تنتهي.

يجذبه أسامةُ من ملابسه ويُجْلِسه عنوةً إلى جانبه: هدئ من رَوْعك يا رجل، واحْكِ لنا الفقرةَ الإذاعيةَ لهذا الصباح.

يحاولُ مصطفى أن ينفلتَ من قبضةِ زميله وقد بلغَ به الغضبُ والإعياءُ مبلغهما.

- لازم كل واحد يقف عند حده في المخروبة دي.

أسامة: كده كتير يا مصطفى، ما بك يا رجل؟، ثم ينادي بصوت عالٍ على الفراشِ: معلش يا عم أحمد، شويتين شاي في الخمسينة عشان أعصاب أخينا، ثم يلتفتُ لمصطفى: مين اللي عكر صفو السيادة؟

مصطفى: البيه معلمُ الدراساتِ الاجتماعيةِ المنتدبُ من المرحلةِ الابتدائيةِ لسدِ العجزِ، ولضحالة معلوماته بالمنهجِ يُدَرّسُ للطلاب معلوماتٍ مغلوطةً ومربكةً لهم.

أسامة: وما الجديدُ؟ فأنت تشتكي كلَ يومٍ من الأمر نفسه.

مصطفى: الجديدُ أنه يريدُ أن يفرضَ علينا الإجابةَ الخاطئةَ التي وردت في كراسات الإجابة لطلابه ويعتبرها إجابةً صحيحةً.

أسامة: وطبعاً الطلابُ معذورون لأنهم كتبوا ما تعلموه منه أثناءَ شرح الدروسِ.

مصطَفى: مع الأسفِ.

أسامة: وما الجديدُ؟

مصطفى: الجديدُ أنّه صمّم على احتسابِ الدرجةِ ، ولما رفضتُ حكم إشرافي على القسمِ احتمى بالأستاذِ حامد أبو النور مديرِ المدرسةِ، وأنت تعلمُ أنّه يحابيه، فهو ابنه المدلل.

أسامةُ وقد بدا عليه الضيقُ ممزوجاً بموجةٍ ملوثةٍ بالاستياءِ والقرفِ الشديدِ:   وماذا فعلتَ؟ وأنت تعلمُ أنهما يجيدان تمريرَ مصالحهما عبرَ الممراتِ الخلفيةِ الآسنةِ.

مصطفى: صمّمتُ على موقفي، ولما فشل أ ـ حامد في تسييرِ الأمورِ على هوى الحدقِ قرر أن نصححَ أوراقَ الإجابةِ إلا إجابةَ السؤالِ محلَ الخلافِ حتى يحضرَ موجّه المادةِ.

أسامة: ومتى سيحضرُ؟

مصطفى: وهو يندفعُ خارجَ الغرفةِ بعدما دقّ جرسُ المدرسةِ النحاسيّ معلناً انتهاءَ حصةٍ ومولدَ حصةٍ أخرى كطائرِ العنقاء الذي يجدُ نفسه ذاتيًا بشكلٍ متكررٍ..:   لا أظنُ أنه سيحضرُ هذه المرةَ بعدما طرده مديرنا المحترمُ من مكتبه عندما حضرَ ليطالبَ بسرعةِ تنفيذِ عودةِ الابن المدلل إلى مدرسته بالمرحلةِ الابتدائيةِ بعدما تم سدِ العجزِ بمعلمةٍ حديثةَ التخرج.

أسامة: يا واش يا واش، باضت لك في القفصِ يا درش.

مصطفى: وقد قارب من اجتيازِ الممرِ الطويلِ قبل أن تبلعه قاعةُ الصفِ الذي سيدرسُ لطلابه: اتلم يا واد.

محمود شعراوي: كلها ساعةٌ أو أقلَ وسوف يعودُ إلينا يسبقه صراخُه ويَصبُّ لعناتِه على الجميع.

(٢)

في أحدَ أركانِ المقهى العتيق بأحدَ شوارعِ المدينةِ الساحليةِ، جلس نصحيّ ـ مع بعضِ أصدقائه ـ مهموماً مشتتاً وقد ضاقت به السبلُ.

سيدُ منصورٌ وهو يُخرجُ دخانَ الشيشةِ من أنفه كأنّه التنينُ الصينيُّ وهو ينفثُ نيرانَه: مالك شايل طاجن ستك يا نص؟

نصحيّ: وهو ينظرُ بحسرةٍ وضيق للصورةِ الكبيرةِ المعلقةِ بأحد جدرانِ المقهى للرئيسِ أنورَ الساداتِ، كنتُ عاقداً الأملَ بعد انتصاراتِ أكتوبرَ ونزولِ الثرواتِ كالمطرِ الذي لا ينقطعُ عن صحراءَ الدولِ الخليجيةِ بسببِ بحيراتِ البترولِ أن يضحكَ لي الحظُّ وأحصلُ على فرصةٍ للسفر.

سيد منصور: وهو ينظرُ بارتيابٍ لأحد الأشخاصِ الجالسين إلى إحدى الطاولاتِ القريبةِ منهم: مَن يسمعك يظنك سَلَّمتَ نفسَك لليأسِ، وأنتَ لا تتركُ شاردةً ولا واردةً إلا وحاولت أن تمرُّ منها إلى غايتك.

نصحي: وهل تظنُّ أنّ القروشَ السوداءَ التي نتقاضاها في عملنا كمعلمين تصلحُ لتغطيةِ فكرةٍ غبيةٍ كفكرةِ الزواجِ وتأسيسِ أسرةٍ واعدةٍ تغادرُ عزوبية السبعيناتِ؟

سيد منصور: نصحي حبيبي، المبرومُ ما يرّول على المبروم اللي زيه، دعك من حيلك المكشوفةِ وأخبرني ما علاقتك بهذا الرجلِ الذي يجلسُ هناك؟

نصحي: وقد تضايقَ مِن انكشافِ حيلته لصديقه، هذا الرجلُ يعملُ في المكتبِ المسؤولِ عن البعثاتِ وإعاراتِ المعلمين للخارج.

يقاطعه سيد منصور: ما أعلمه أن تقديركَ مقبولٌ يا نص، كما أنك حديثُ التخرج ولن يصيبك الدورُ قبل عشرِ سنواتٍ على الأقل.

نصحي: هناك طلَبٌ متزايدٌ على تخصصِ التدبيرِ المنزليِّ.

سيد منصور، مندهشاً: أنت غيّرت الصنفَ يا نص! ما ترصش له تاني يا سمعة.

نصحي: افهم بس يا غبي، أنا دفعتُ له ثلاثةَ جنيهاتٍ كي أطّلعَ على الأسماءِ المرشحةِ للإعارةِ هذا العامَ

سيد منصور: يا مُثبّتَ العقلِ والدينِ، يعني أنت مش لاقي تاكل وتدفع له! وليه تدفع من الأساس؟

نصحي: لن تفهمني، طولُ عمرك نظرك لا يتخطى حجرَ الشيشةِ الذي تُدّخنه.

سيد منصور: اتلم يا نصحي.

نصحي: أنا أخذتُ منه نسخةً بالأسماءِ وبحثتُ عن الحالةِ الاجتماعيةِ للأسماءِ المكتوبةِ بها، وقرّرتُ أن أخطبَ إحدى المرشحاتِ للإعارةِ التي ورد اسمها بالكشفِ.

سيد منصور: هاتعملها ممر تمر منه لأحلامك يا نصحي!

نصحي: مش فارقة، المهم نعدي، أستأذنك الآنَ لأني على موعدٍ مع أسرتها للتعارفِ.

يقومُ نصحي مسرعاً وقد ترك صديقه غارقاً في الحيرةِ والدهشةِ وهو يضربُ كفاً بكفٍ.

(٣)

في غرفةِ استقبالِ الضيوفِ جلسَ نصحي وأبوه وأمه يتحدثون إلى والدٍ ووالدةِ العروسِ المنتظرةِ.

والدُ جميلة: تشرّفنا بحضوركم يا " أبو نصحي ".

والد نصحي: الشرفُ لنا يا " أبو جميلة " من غيرِ مقدماتٍ يا أبو جميلة ندخلُ في الموضوعِ مباشرةً.

والد جميلة: اتفضل يا حاج أنَا أسمعك.

والد نصحي وهو ينظرُ لابنه نصحي الذي انكمشَ في الكرسيِّ الذي يجلسُ عليه وقد تدثّر بثوب الخجلِ والارتباكِ المصطنع: جئنا اليومَ نطلبُ يدَ ابنتكم جميلة لابننا نصحي.

والد جميلة: الشرفُ لنا يا أبو نصحي ، ولن نجدَ لابنتنا مَنْ يصونها ويحفظها مثلَ ابنكم.

لا تكادُ أقدامُ جميلةَ تحملها من الفرحةِ وهي تختبئُ خلفَ الستارةِ، وهي تعلمُ ضعفَ فرصِ طرقِ الخُطّابِ لبابها لأن اسمها خذلها ولم يُعبّر كثيراً عن مظهرِها الأقلَّ من العاديّ بدرجاتٍ.

تنظرُ إليها أمّها نظرةً صارمةً حتى توقظها من حالةِ اللاوعي التي ضربتها كالإعصارِ العاتيّ.

والد نصحي: سوف ندفعُ مئةً وخمسين جنيهاً مهراً للعروسة، وربنا يكتبُ اللي فيه الخير.

والد جميلة، وقد تظاهرَ بالضيق وعدم الموافقةِ: مهرُ بنتي زي مهر بنات عمها لا يقل عن ٢٠٠ جنيهاً

والد نصحي: صلّ على النبيّ يا حاج وخلينا نقرأ الفاتحة.

والد جميلة: أبداً.

والدة نصحي: ما تقولي حاجة يا أم جميلة، فين الكلام اللي كان بينا لما زرتكم امبارح وفين رأي جميلة؟

أم جميلة: الكلامُ كلامُ أبوها والشورى شورته.

أم نصحي: وقد بدا عليها الضيقُ ونظراتُ الاشمئزاز وهي تُحدّثُ نفسها: على إيه يا عم بارم ديله، قال إيه جميلة! أنتم ما عندكم مراية!

نصحي، وقد تَخلّصَ من خجله المصطنع خوفاً من ضياع الفرصةِ منه: يا عمّي أنا كما تعلمُ في بدايةِ حياتَي واعتبرني زي ابنك.

يقاطعه والده: واللهِ يا أبو جميلة احنا قلنا اللي عندنا وننتظر ردكم.

يقوم والد جميلة من مقعده، وهو يتثاءبُ: تشرّفنا بحضوركم والله، ومعذرةً لأنّ الساعةَ صارت ثمانيةً وجاء موعدُ نومي.

يُخفي والدُ نصحي ضيقَه من الطريقةِ التي أنهى بها والدُ جميلةَ الحديثَ: يله بينا يا أم نصحي، يله يا نصحي أنت مش بتفهم، الساعة ثمانية موعدُ نومِ الحاج.

يخرجُ نصحيّ منزعجاً وهو يسترقُ النظراتِ لجميلةَ وهي خلفُ الستارةِ وكأنّه يتحسّرُ على الفرصةِ التي باتت تتسربُ من بين يديه.

(٤)

في المقهى العتيقِ حيثُ المأوى الليليّ لنصحيّ وصديقِه سيد منصور.

تعلو ضحكاتُ سيد منصور وقد فقدَ السيطرةَ على نفسه: أنت ايه يا ابني، منين جت لك كل هذه الجراءة والسماجة والبرود!

يبتسم نصحي ابتسامة المنتصر: أنا لا أرفع الراية البيضاء مهما حدث.

سيد منصور: مش قادر أتخيلك وأنت راجع تاني لبيت أبو جميلة وصحيته من النوم، ثمّ يقومُ سيدُ منصورُ من مقعده ويركعُ عند أقدامِ نصحيّ وهو يحاولُ أن يتقمصَ شخصيةَ والدَ جميلةَ وصديقَه نصحيّ:

- عايز إيه يا نصحي وإيه اللي رجعك تاني.

- عايزك في موضوع مهم يا عمي.

- الساعة ١٠ م والصبح له عينين يا نصحي.

- مش قادر يا عمي، انا أقنعت أبي بدفع المهر المطلوب.

- وإيه اللي اتغير يا نصحي.

- بحبها يا عمي بحبها.

يركله نصحيّ بقدمه فينبطحُ سيدُ منصورُ على ظهرِه وهو يكادُ أن يموتَ من الضحكِ.

- كل ده حصل لك لما رجعت المقهى وعرفت من الموظف المرتشي أن ست الحسن والدلال تم اختيارها بصفة نهائية للسفر إلى الكويت.

- اسكت يا سيد، الرجل طلع روحي وصمم يأخذ خمس جنيهات كي يطلعني على الكشف النهائي.
- معلش يا نص، المغامرة تستحق، عروسة وسفر للخليج، اللهم لا حسد.
- أنت بس اخرج منها عشان الأمور تتم على خير.
- خلاص يا نص، سوف تمرُ من فوهةِ الفقرِ عبر ممرِ الكويت إلى بوابةِ المالِ يا ابن المحظوظة.
- عينك يا سيد.
- سمعتُ أنّ العروسةَ لما سمعت تاني يوم بنزول كشفِ المعارين للخليج وعرفتْ أن اسمها ضمنَ المحظوظين كادت أن تفقدَ الوعيَ وأطلقَت زغرودةً رجّت المكانَ.
- نصحيّ وهو يبتسمُ ابتسامةَ البُلهاءِ: قالت لزميلتها: مش مصدقة عنيا، فردت عليها زميلتها: صبرتي ونُلتي يا جميلة، إعارة وعريس.
- ومن أين ستدبّرُ فلوس المهر يا أبو عرام؟
- هاتصرف، لازم أنهي الأمور في خلال شهر قبل السفر للكويت.
- مبروك يا نص ويا ريت لما تغير جلدك ما تنسانا وتسقطنا من حساباتك.
- عيب عليك يا سيد، أنت عشرة عمر يا رجل.

يخرجُ نصحي من المقهى وهو يودّعه ويُودِّعُ المقاعدَ الشاهدةَ على أيامِ الفقرِ وضيقِ اليدِ، مخاطباً الصورةَ المُعلّقةَ على الحائطِ: دعواتك يا ريس.

(٥)

في غرفةِ مديرِ المدرسةِ حيثُ تشيرُ عقاربُ الساعةِ إلى التاسعةِ صباحاً، جلس حامدُ أبو النور ـ على غير عادته ـ يحاولُ أن يبدو هادئاً وهو يتحدثُ إلى الموجّه العامِ لمادة الدراساتِ الاجتماعيةِ.

- الموجّهُ العامُ: لماذا تعترضُ على عودةِ يسري الحدق إلى مدرسته الابتدائيةِ يا أ ـ حامد؟
- لأنه معلمٌ متميزٌ ومدرستي في حاجةٍ إليه.
- متميزٌ ولاّ عشان ـ‐‐ـ.
- عشان إيه يا نصحي، ما أسمح لك.
- بلا نصحي بلا زفت، أنت تجاوزت كلَ الخطوطِ الحمراء.
- انتبه لكلامك واعرف انتم بتتكلم مين.
- مَن أعطاك لك الحق أن تعامل موجه المادة بهذه الطريقة الوضيعة وتطرده من المدرسة؟
- الوضاعةُ والانتهازيةُ لها ناسها يا محترم.
- نصحيّ وقد بدا عليه الضيقُ وكأنَّه يُحاصَر في ركنٍ ضيق: ممكن أشوف الحدق؟
- آسف يا نصحي لأنه غايب اليوم.
- تقصدُ أنّك هرّبته من المدرسةِ لما عرفت بحضوري.
- مش محتاج أذكرك بحدودك مرة تانية يا نصحي.
- أستاذ نصحي لو سمحت.
- ساخراً: أيوه يا أستااااذ نصحي! طلباتك.
- نقلُ المعلمِ إلى مدرسته الابتدائيةِ وإنهاء ندبه.
- لن يتزحزحَ من المدرسة ولو كان آخر يوم لي بها.
- مش من حقك تمنع القرار الإداري وتقف أمام المصلحة العامة.

- لما ترجع لمكتبك بمديرة التربية والتعليم ستجد على مكتبك أمر إلغاء قرار توجيه الندامة.
- نصحيّ وقد احمّر وجهه من فرطِ الغضبِ والحنق: ليس من الشرفِ أن تلتفتَ على القرارِ وتتسلقَ عبرَ الممراتِ الخلفيةِ.
- ساخراً عندما تتحدثُ الـ----- عن الشرفِ، اللي بيته من زجاج لا يحدف النّاسَ بالحجارة يا نصحي
- تقصد إيه يا حامد!
- اقصد اللي أقصده يا نصحي، ولا فلوس الكويت نسيتك أيام الكحرتة والفقر.
- يبتلعُ ريقَه بصعوبةٍ وقد تصبّبَ العرقُ من جبينه، ماشي يا حامد، بيني وبينك الوزير.
- وقد علت ضحكته الساخرةُ: مع السلامة يا نصحي، وما تنسى تسلم على سيد منصور.
- يدخلُ الحدقُ مكتبَ المديرِ والفرحةُ تطيرُ به حتى لا تكاد قدماه أن تلامسَ الأرضَ: ما شاء الله عليك يا أ- حامد يا أبو قلب جامد، أنت فرمت الرجل.
- منتشياً وقد انتفخت أوداجه كذكر الضفدعِ في موسم التزاوج: أنا قلت لك أنك مش ماشي يا حدق واللي مش عاجبه يحصل نصحي.
- لكن ما سرُ توترِ الرجلِ وعدم قدرته على الردِ عليك يا ديرنا؟
- ساخراً: هذا أمرٌ شرحه يطولُ وأنا الليلةَ مشغولٌ.
- اللي تشوفه يا كبير، أستأذنك أروح اشتري سمك من السوق، اشتري لك معي يا ريس؟
- يمد يده بثمن السمك، ماشي يا يسري.
- عيب عليك يا مديرنا.

- لا يا يسري، ما تزعلني منك.
- ينسحبُ من المكانِ، ورأسه تكادُ تلتصقُ بالأرضِ خضوعاً وطاعةً، اللي تأمر به يا يا سيدنا.
- ما تنسى يا يسري تمرُ علينا بعربيتك الساعة ١١ م عشان ترجعنا من حفل العرس اللي أنا وأسرتي معزومين فيه.
- أنت تأمر يا مديرنا.

يخرجُ الحدقُ من مكتب المدير ويقابله مصطفى في الممرِ الطويلِ.

- ما تنسى تدخلُ مكاني الحصةَ السادسةَ يا مصطفى.
- ليه يا حدق؟ نقول مبروك على رجوعك لمدرستك الأصلية؟
- ساخراً وهو يغادر المكان، مبروك عليك أنا يا درش.
- يعبرُ مصطفى الممرَ في طريقه للغرفةِ الخشبيةِ وهو يصبُ اللعناتِ على المدرسةِ والممرِ والغرفةِ والناسِ.

يوماً ما

عقارب الساعة تشير الى الساعة الخامسة والنصف أو ببضع دقائق تزيد،

يرسل إليها ـ عبر تطبيق الواتس آب ـ رسالته الصباحية التي تعودت منه عليها كل صباح ـ رغم أنها سوف تتأخر في الرد لفروق التوقيت ـ فهو في قارة وهي في قارة أخرى.

يجدد فيها عهود حبهما ويطمئن نفسه العطشى للحظة التلاقي بلا خوفٍ من بعاد أو فراق.

أسامة: صباح الخير يا مولاتي.

تنطلق عقارب الساعة نحو السابعة صباحًا.

يتصل بها هاتفياً لتصحو من نومها لتدرك عملها في موعده ويدرك هو أنها فعلاً حبيبته التي يذوب فيها عشقاً ولهفةً واشتياقاً، فصوتها الحالم يحمل له رسائل الطمأنينة والسكون وتهدئة لبراكينه التي لا تستقر ولا تستكين.

ـ تداعبه برسائلها وكلماتها الرقيقة قبل أن تقتحم عقارب الساعة بوابة الثامنة صباحاً.

يتبادلان كلمات الحب وشكوى البعد وأمل التلاقي ومعاناة قسوة الانتظار.

أسامة: صباح الخير يا نور عيني ومنيتي.

فرحة: صباح الخير حبيبي.

أسامة: ساخراً: ما هذا النشاز الذي يدوي في أرجاء هاتفي.

فرحة: صوتي نشاز؟!

أسامة: تعلو ضحكاته، تعلمين أني لا أستطيع أن أبدأ يومي دون أن استمع لأعذب الأصوات وأرقها لقلبي.

فرحة: ماكر ولن تستطيع خداعي كما تعودت.

أسامة: بخبثٍ، إذن دعي الأيام تمتعنا بمزيد من المفاجآت.

فرحة: لم يعد عندي رغبة في مزيد من مفاجآتها التي من كثرتها ظننت أنها اتفقت مع الحزن ألا لقاء.

أسامة: ثقي بموعود الله فما كان ليجمعنا ثم يفرقنا حبيبتي.

فرحة: الله أرحم بنا أن يعذبنا بفراقنا، فيا لها من عقوبة إن فرقت بيننا الأيام.

أسامة: اطمئني حبيبتي فهو أعلم بصدق نياتنا وأننا ما اجتمعنا إلا على خير وما سعينا لشيء الا ببركته ورضاه.

فرحة: أحبك يا أنا.

أسامة: صباحك يضحك برقتك وجمال محياك.

مـع ربع ساعة مضت من بعد الثامنة يجلس في مكتبه ويكتب لها الرسالة الخطية رقم ٣٩ مستهلاً كلماتها بشوقٍ جارفٍ ولهفةٍ ترنو الى عينيها المحيط:

أسامة: صباحٌ مشرقٌ بنور محياك يا أنا، صباحٌ ارتسمت عليه رقتك فاستحال عذباً رقراقا كأكسير الحياة، صباح يرنو بعذوبة صوتك وهمسك الأخاذ.

صباحٌ يتنفس عبقَ هواك ويتعطر بأنفاس صدرك الدافئ دفءَ شمس الشتاء الحانية وضوء القمر حين يحنو على الأرض ويبدد ظلمتها ويكسوها بهجةً وفتنةً وسحراً وجمالاً.

صباحٌ يضحك كضحكتك التي أحالت أحزاني فرحاً، وقسوة السنين أملا وعشقا وبددت آلام قلبي وأوجاع الجراح والحنين.

تبقين أنتِ حبيبتي مهما عاندت الدنيا وأوهمتنا أنه من المستحيل، فلا مستحيل إلا أن نفترق وتنفلت أيدينا عن رباط الحب وعهود العشق والوفاء.

يرسل إليها رسالته منتظرا ردها بلهفة واشتياق.

تقرأ الكلمات ـــــــ

- يسألها بلهفته المعتادة: هل أعجبتك الكلمات؟
- في أنوثة عذبة ومداعبة تحمل تطمينات العشق والتلاصق تلاصق آدم بأنثاه حواء ـ

فرحة: لا يعجبني سواك ؛ جميلة حبيبي.

أسامة: أنت الأجمل يا دنيتي وجنتي.

فرحة: وجودك حياة وحضنك أمنية ليس بعده أمنية يا أنا.

ـيتصل بها كما تعودا في سائر يومهما ، يمارسان أعمالهما بل وكافة شؤون حياتهما وهما متلاصقان وإن تباعدت بهما المدن والأجساد، تضطر لتركه فقد ارتبطت مع صديقتها بنزهة اضطرت إليها كي تخفف بها من غيرة صديقتها التي تنامت وتزايدت حينما شعرت أنها تفتقدها منذ تعلقت هي بحبيبها وصارت تنعزل عن الجميع ، حيث اكتفت به كما أنه بها وصل إلى حد الاكتفاء.

تمر الساعات ثكلى كئيبة كصمت القبور وقسوة السجن وعتمته التي لا ترحم ولا تلين ، تتخطى عقارب الساعة منتصف اليوم وقد نال منه عذاب الشوق وعطش التلاصق والاقتراب ، يكتب ويكتب ويكتب دون توقف وكأنه يعاقب الكلمات التي تأخرت كل هذه الساعات، فهو أبدا لا يلوم حبيبته ولا يلقي عليها تبعات الشوق وآلام البعاد.

أسامة:

وحشتيني
وحشتيني يا روح قلبي ونور عيني
يا شوق بكره وحلم جميل
وحشتيني وحتى في وقت ما بشوفك
وعيني عليك ملهوفة ونبض هوايا كما البركان اليكِ يميل
وحشتيني يا قمر الليل وشمس نهاري وجنوني
وحشتيني
برغم هواك والاحساس بانك ليا وانا زيك
أسير حبك ونبضي وكل دقاته حروف اسمك
برغم شوقي وهيامي ؛ وصوتك عشقي وغرامي
دي قصة تانية محتاجة لألف دليل
بحبك وأنت وحشاني
وكيف قلبي هواه الويل؟
وكيفي هواك وروايتي فصولها معاك وحكايتي
وحشتيني
يا تكويني وفيك ملامحي ومرايتي
وحشتيني
منايا ونبضي ضميني
وحشتيني
مشاعري تناجي احساسك بعطش الروح لأنفاسك
وحشتيني

يعاتب الدنيا بأسرها على تلك الساعات التي مرت بدونها إلا هي، فهي فوق مرتبة البشر وأغلى من أن تضايقها كلمات العتاب. تستمر بينهما المحادثات النصية حتى الرابعة عصراً، ينام كعادته،،،

يستيقظ على صوت انفجارات شديدة وهزة أرضية وصراخات لا تنتهي.

تهتز الأرض من تحت قدميه، الكل يندفع من البيت نحو الشارع لينقذوا أرواحهم من الموت المحتم

يفتقدها، يندفع الى غرفتها لينقذها، يكاد يصل اليها، ينهار به السقف وسط فرقعة مهولة وانهيار المكان.

- يفيق في المستشفى على صوت الممرضة وهي تحاول إيقاظه من غفوته.

الممرضة: الحمد لله على سلامتك.

أسامة: ينادي عليها، يقاوم ويحاول أن ينفلت من مكانه باحثا عنها.

الممرضة: لا تتحرك فالحركة تضر بك.

يصمم على الرحيل.

يمنعونه.

ينتظر حتى الليل ثم يهرب من المستشفى متحاملا على نفسه.

ينطلق نحو البيت المنهار.

ما بين شفقة البعض، لقد مات كل من كان في البيت وقد كتب الله لك الحياة.

غير مصدق نفسه ينبش كالمجنون بين الحطام والركام.

يفيق على يد تربت على كتفه تعزيه عما ألمّ به من كارثة بفقدان أهله وحبيبته.

يكاد يجن، يصرخ لقد وعدتني ألا تفارقني مهما كان.

عبثا يحاولون تهدئته.

يلمحها من بعيد وقد توسطت رجلين غريبي الاطوار من كهنة العصر العتيق.

يندفع إليها يخلصها من بين أيديهما.

يحتضنها، يعاتبها على لحظات الفراق.

يفزع من نومه على حلم عكر صفوه وعبث بكيانه كزلزال يعبث بالأرض فيقلب أعلاها بأسفلها بلا هوادة ولا شفقة ولا استقرار.

لم يعتد على أحلام نوم النهار.

يسارع بالاتصال بها.

أسامة: هل أنت بخير؟!

فرحة: أنا بخير حبيبي.

أسامة: صوتك لا ينبئ بخير.

تحاول أن تطمئنه.

لا مفر، تضطر أن تخبره بما حدث لها.

تعرضت هي لخطر داهم كاد أن يحرمه من نورها ويفقده أمله ان يعود لذاته من بعد موت واغتراب.

يشعر بها من صوتها، تحاول أن تتماسك أو تدعي ذلك.

يصر عليها، فتحكي له.

يتعرض لها زوجها السابق بالطريق وعينه لا تنبئ أبدا عن خير.

يعترضها بسيارته.

تتفاجأ به.

عماد: بخسة الجبناء،: وحشتيني

تحاول أن تبتعد، يضيق عليها بسيارته، اديني فرصة عشان نتكلم شوية ونتفاهم.

فرحة: مفيش بينا تفاهم كل شيء انتهى من زمان.

عماد: مين قال إن كل شيء انتهى، ممكن نعيد الماضي الجميل.

تحاول أن تبتعد عنه، يجذبها من ذراعها، تصرخ، ابعد عني وخلي بينا حاجة من الاحترام عشان أولادنا.

عماد: وحشني أكلك، أهون عليك أكون لوحدي، أنت ازاي بقيتي بالقسوة دي؟

فرحة: القسوة دي تسال عنها نفسك، لو سمحت خليني امشي.

عماد: ما شاء الله عليك بتحلوي كل يوم عن اللي قبله.

فرحة: ده عشان خلصت من العذاب اللي كنت فيه معاك.

عماد: انا مشتاق ليك صدقيني وحياتي من غيرك عذاب.

تسرح بخاطرها في حبيبها الذي يغازلها بكلمات مثلها، تشعر بالاختلاف الرهيب بين محب صادق ومخادع جبان.

عماد: انت روحتي فين ردي عليا مستعد ارجع البيت واكون خدام لك ونجمع شمل الاسرة من جديد.

فرحة: انسى ، كل شيء انتهي وعمري ما اخسر حريتي مرة تانية، انا كرهتك وكرهت كل اصناف الرجال.

عماد: اديني فرصة تانية طيب ازوركم في البيت، انا محتاجك صدقيني وحياتي من غيرك عذاب

تفلت يدها منه وتسرع لتعبر الطريق.

تجتاز إحدى السيارات الطريق المعاكس وتندفع نحوها فيجذبها من ذراعها بكل قوة.

تسقط على الأرض، يقول لها بكل سماجة: أنقذتك من الموت ودي رسالة من ربنا عشان نرجع لبعض.

تصرخ من شدة الألم.

يلتفت الناس.

فرحة: هاتمشي ولا اعمل لك فضيحة في الشارع.

يتركها بعدما يئس منها.

تبكي وتنصرف سريعا من المكان.

تحكي لحبيبها كل تلك التفاصيل.

- يكاد يجن ؛ فلا هو بجوارها ليحميها ولا هي تراه لتختبي في حضنه وتستند عليه وقت الحاجة للملاذ.
- تحتويه بحبها الذي يكفي العالم بأسره عطاءً وصدقا ووفاء.
- يتعاهدان على تلاصقهما مهما تعاند معهما الدنيا وتقسو عليهما الحياة.

أسامة: أحبك.

فرحة: أعشقك.

أسامة: أنا بجانبك.

- دعوات صادقة لرب السماء الذي جمع بين قلوبهما أن يجمع بين أجسادهما حتى تفنى العوالم ثم يعاودان في جنته اللقاء.

سالم وسلمى

(١)

غرفة مظلمة، يجلسان على مقعد دائري، يلتصق ظهرهما كأنه جسد واحد تلاقى بعد افتراق، وكأنه كما الأسطورة الإغريقية التي تزعم أن الإنسان خُلق بأربعة أرجل وأربع أيداي ورَأسين في جَسد واحد، فَقام الإله الإغريقي زيوس بِفصل الإنسان لِجسدين مُنفصلين وَوضعهما في مَكانين مُختلفين حَيث يَقضي بعدها الجَسدان رحلة البحث عن الآخر.

ينتقل كدر الكاميرا بينهما ويسلط الضوء على كل واحد منهما على حدة عند حديثه.

سالم: ليه أنا بحبك؟

سلمى: عشان شفت نفسي فيك.

سالم: جايز عشان قلبك الطيب وإحساسك المرهف ورقتك اللي تخطت حدود المسموح بيه.

سلمى: جايز عشان شفت فيك صراحة ووضوح.

سالم: جاير عشان عنادك وعزة نفسك وثقتك بيها بدون حدود مع حتة نرجسية وغرور لذيذة.

سلمى: لو قلت جايز عشان بسيط و متواضع و رحيم وحنين.

سالم: جايز بحبك عشان انا وانت عدينا في نفس الظروف من المرور بالمكان الغلط والشخص غير المناسب والطريق اللي مش مناسب لينا.

سلمى: جايز عشان فيك صدق مشاعر وأحاسيس وخوف لربنا وصفات تقريبا انقرضت.

سالم: ليه انا بحبك؟!

جايز لان أوجه الشبه بينا اكتر من اوجه الاختلاف الظاهرية بكتير جدا وكتير جايز عشان احنا من الاول كنا لبعض بس كان لازم التجارب تفعصنا عشان نعرف قيمة بعض ونحافظ قوي على بعض

سلمى: جايز عشان شفت فيك بابا في حاجات يمكن مش معايا بس مع اللي قبلي، حسيت إنك أمين عليها رغم كل الظروف.

سالم: ليه انا بحبك؟ جايز لأني شايف سعادتي في سكتك وفرحتي في جنتك.

سلمى: جايز عشان شفتك شبهي وابن ناس ومحترم وراجل وقد كلمتك.

سالم: جايز لأنك دعوة أمي في لحظة صدق مع النفس ورسالة أبوك ليك من بعد العذاب والجراح.

سلمى: جايز عشان كنا واضحين من البداية حتي في تفاصيل كانت هتبقي صعبة علينا لكن كنا أكيد هنلتزم بيها عشان كلمة خرجت مننا، باختصار لأني شفتك انا.

سالم: جايز لأني اتفتنت بعنيك وجننتني وصيفاتك الاربعة، ما انت لوحدك بأربعة.

سلمى: بحبك عشان جنانك.

سالم: جايز وجايز وجايز لكن المؤكد اني بحبك وان الحب ده غرسه ربنا في قلوبنا وهو اللي قادر يجمعنا بدون رحيل او فراق.

سلمى: بحب ضحكتك وصوتك وانت فرحان ، بحبك وانت بتبصلي وتحمر مني من الكسوف.

سالم: بس في رايك وبدون دبلوماسية في الرد ليه انا بحبك؟

سلمى: بحب نبره صوتك حتي وانت جاد مع غيري وصوتك وانت بتدلع عليا، بتتسهوك يعني

سالم: اللي اعرفه اني بحبك وخلاص.

سلمى: من غير ليه يا حبيبي بحبك.

سالم: بحبك وبعشقك وهاموت عليك.
سلمى: بحبك وبموت عليك وبس كدا.
سالم: طيب ما تزقيش.
تلتفت إليه وتحتضنه فيغيب عنه الوعي حيث عيناها الساحرتان وقلبها الذي أغدق عليه عشقا وحنانا وأمانا.

(٢)

سالم: لو قلت ليك تصدقي؟!
سلمى: لو قلت لك إن دي أجمل فترة في عمري كله تصدقني؟
سالم: لو قلت ليك إني معاك بلاقي نفسي تصدقي؟
سلمى: لو قلت لك إنك بقيت أقرب لي من أمي تصدقني؟
سالم: لو قلت ليك بقربك أنتِ ترتاح جروحي وتهدى نفسي تصدقي؟
سلمى: لو قلت لك إنك احلى حاجة بتحصل في يومي تصدقني؟
لو قلت لك ان مودي ومزاجي بقى مرتبط بوجودك أنت تصدقني؟
سالم: لو قلت ليك يا نور عنيا ومهجتي مهبول عليك والحنين كاوي مشاعري وشوق ايديا لحضن ايديك نار وحب ما ينتهي هاتصدقي؟!
سلمى: لو قلت لك اني حاسة اني فعلا معاك وانك مش بعيد تصدقني؟
لو قلت لك اني مجرد ما بشوفك ببقى مرتاحة ومطمنة تصدقني
سالم: لو قلت ليك إني قبلك كنت ضايع كنت تايه ليوم ما جيتي في سكتي هاتصدقي؟!
سلمى: لو قلت لك انك بقيت الحاجة اللي بدعي ربنا ما يحرمني وجودها في حياتي تصدقني؟

سالم: لو قلت إنك زي نجمة م الفضا نزلت تنور دنيتي، ترسم ملامح فرحتي هاتصدقي؟!

سلمى: لو قلت لك ان يومي من غيرك بقى مرهق وممل وطويل تصدقني؟

وإن وقت ما بتسبني بحس بحاجة بتتخطف مني وبتروح وبتوتر لغاية ما ترجع تكلمني تاني تصدقني؟

سالم: لو قلت انك جنتي وملامح الخير والجمال اللي ارتوى من حضن قلبك واكتفى، قولي الصراحة من غير مجاملة تصدقي؟!

سلمى: لو قلت لك ان حتى وأنا في الأماكن اللي بحبها بقيت بحس بغربة وحاجة ناقصة مش كاملة ناقصة فرحة هتصدقني.

سالم: وازاي في يوم احتاج دليل على صدق حبي وروحي فيك وكل احساسي اليك ولهفتي؟! هاتصدقي؟!

سلمى: لو قلت لك ان مشاعري وعواطفي تجاهك جديدة كل يوم وانا نفسي بتفاجئ بيها وهي بتخرج ليك من جوايا وكأن حد تاني انا ما أعرفوش تصدقني؟

سالم: انا نَفسي عايز اني اصدق ان أنتِ فعلا جوا قلبي وأنتِ كياني وموطني.

سلمى: لو قلت لك ان اللي جوايا ليك زي الشلال في قوته والمحيط في عمقه تصدقني؟

سالم: قولي الحقيقة.

اني ما بحلم وقدرت اني بيك أكون.

سلمى: لو قلت لك انك الوحيد اللي مش بكون معاه مجهده ذهنيا بفكر وأرتب كلامي وافكاري تصدقني؟

لو قلت لك انك بقيت مصدر لبسمتي وفرحي في أي وقت صعب او متعب مجرد ما أتكلم معاك بنسى كل حاجة تصدقني؟

سالم: ما انا كنت قبلك على حافة الموت الفظيع وقاتلني احساس السكون.

سلمى: لو قلت لك ان حتى كل الكلام دا ولا حاجة قدام اللي بحسه تجاهك لان ولا الف كلمة وكلمة توصف او تعبر عن مشاعري تجاهك تصدقني؟

معاك بحس كأني طايرة فوق كل صعب او مشاكل، رجليا مش لامسة الأرض ولا فارق معايا اللي راح او اللي جاي تصدقني؟

سالم: أديني قلت ولسه طبعا راح هاقول انك حبيبتي وجنتي.

سلمى: مش عارفة غير اني مبسوطة ومرتاحة معاك ومكتفية بيك. أنت الدنيا الحلوة اللي كنت بحلم بيها ونفسي أعيشها.

سالم: قولي بقى يا حلم بكره باللقا

سلمى: زي ما قلت لك مش هاقدر أعبر او أوصف اللي جوايا ليك.

سالم: لو قلت ليك تصدقي هاتصدقي؟

سلمى: بحبك يا أحلى حاجة في عمري.
بحبك يا أنا.

سالم: بحبك يا أنا.

حبيبة

(١)

استيقظَ أحمد كعادته مبكراً ـ كما نشأ في بيئته التي لا تعرفُ للخمول درباً ولا للكسلِ مِنْ نصيبٍ ـ

استيقظ على مضضٍ ؛ فاليومُ هو الأولُ له في عملِه الجديدِ، فقد تسلّمَ بالأمسِ مهنتَه التي تعلّمَ من أجلها خلال سِنّي دراستِه الجامعيةِ والتي أُعد خلالها كي يصيرَ معلماً للغةِ الضادِ التي عشقها متأخراً بفضلِ معلمه الفقيهِ في علومها ودروبها العتيقةِ.

كان في انتظاره في موقِف السياراتِ بعضُ زملاءِ عملِه القدامى بتلك المدرسةِ والمحدثين بالنسبةِ له، قد بدت عليهم رتابةُ الحياةِ وتعرجاتُ الكفاح في دروبِ الدنيا الأليمةِ.

انطلقتْ السيارةُ نحو وجهتِهم البعيدةِ والتي تقعُ في مدينةٍ ساحليةٍ بين حدودِ محافظتين من محافظاتِ المحروسةِ.

كم هو أليمٌ على نفسه تباعدُ عمله عن مقرِ سكنه، فقد فارقَ صَخَبَ الحياةِ الجامعيةِ وألفةَ الصَحْبِ وزحمةَ المدنيةِ التي نشأَ فيها.

ما بينَ سخطٍ وتأفففٍ مْن واقعِه الجديدِ وفراقٍ لحريةِ الحركةِ وهواجسَ التقيدِ بروتينِ عمل يقتلُ والتزامٍ بساعاتٍ كئيبةٍ هناكَ بعيداً خلفَ مئاتِ الآلافِ من أشجارِ النخيلِ وبساتينَ الثمارِ جلسَ يتأملُ الأخرينَ مُتهكماً مِنْ نفسه التي لا تهدأُ ولا تستقرُ في عالمِه الحالم بالكلماتِ وسحر القصيد ،

يتهكمُ مِن واقعٍ لا يأملُ أن يجدَ فيه مِن مُلهمةٍ تُحرّكُ فيه حرارةَ الحرفِ ووحي الانطلاقِ.

يبدو أنه ُكتبَ عليه أن يئدَ كلماتِه ويدفنَ عوالِمَه الحالمةَ في رتابةِ عملٍ وكآبةِ أناسٍ صاروا تروساً صدئةً في آلةِ العيشِ والتدافع نحوَ إشباع أسفل هرم الحاجاتِ البشرية، فلا حديثُ يدورُ بينهم إلا عن تكسّبِ مالٍ أو إشباع نهمِ بطنٍ أو عطشٍ لإزالةِ ورقةِ توتٍ في حلالٍ ما عاد يستطيبه لتَعاهدِ السنواتِ عليه، أو لحرامٍ يتطلعُ إليه.

بين تلك السخافاتِ وتوقفِ حسِ المشاعرِ وإرهاصاتِ الكلماتِ لمحَ ضوءاً خافتاً بين الحشودِ،

أيُصدّقُ عينيه ويزيلُ عنها صدأ التحجّرِ وغمام الكأبةِ والجمودِ،

هل تلكَ العينان أملٌ لوحيٍ غادرَ بلا أملٍ في عَوْدٍ مِنْ جديد؟

وما بين تلك اللحظاتِ الحائرةِ اختفت تلك الملامحُ وسْطَ زحامِ البشرِ والكتبِ وتدافع وصرخاتِ الطلابِ ودقاتِ الجرسِ الكبيرِ، فقد دقّت الساعةُ إيذاناً بالرحيلِ وإشعاراً بانتهاءِ يومٍ دراسيّ راحلٍ يُسلّمُ مفاتحَه ليومٍ غيرَه لا يختلفُ كثيراً عنه في عناوينِ الحياةِ.

جلسَ أحمد في سيارةِ العودةِ غائباً عن صحْبه وعن زحمةِ الناسِ وتكدّسِهم كما لو كانوا بضائعَ رُصّت متكتلةً داخلَ سيارةٍ لحفظِ الأطعمةِ والشراب.

جلسَ أحمد متحيراً متعكرَ الصفوِ والمزاجِ ؛ هل يعثرُ على ملهمةٍ جديدةٍ لدفعِه للكتابةِ من جديدٍ في تلك البلادِ الغائرةِ خلفَ آلافِ آلافِ أشجارِ النخيلِ !

لعلها الأيامُ تحملُ في طياتها جواباً شافياً لتلك التساؤلاتِ الحائرةِ في الصدور.

(٢)

جلس أحمد شارداً في غرفةِ استراحةِ المعلمينَ وقتَ الحصصِ الشاغرةِ لديه، شاردَ الذهنِ تكادُ أقدامُه لا تجدُ أرضاً تُقلّها، يفكرُ كيفَ يصارحُها بإعجابه بها وانبهارِه بجمالِ عيونِها الأخّاذِ وسحرِها الذي لا يقاومُ.

يخططُ ويبتكرُ حلولاً آمنةً للوصولِ إلى قلبِها، مذبذباً بين ثقتِه في قدراتِه وخبراتِه السابقةِ في دروبِ العشقِ وأسرارِه وبين وقعِ الصدمةِ المميتةِ إن هي كسرت سفينتَه على شاطئِها مجهولِ الهويةِ له.

وبينما هو مستغرقٌ في شرودِه يفيقُ على وقعِ دخولِها مع زميلتِها فاطمة التي تعالت صيحاتُها وانهمرت منها الدموعُ كالمطر الدفّاق على وجناتِها.

تساءلَ عن سببِ تلك الدموعِ وذاك الانهيارِ المريع، قالت فاطمة صاحبةُ الدمعِ الباكي: إنَّ عمّي ووليّ أمري يفرضُ عليّ قبولَ خاطبٍ لا أهواه ولا أتخيله يوماً ما رفيقاً لدربي ودنيتي.

قالت حبيبة صاحبةُ العيونِ الساحرةِ ــ في غمزٍ وهمزٍ مريبٍ: لا ضيرَ ما دامَ يوفرُ لك العيشَ الكريمَ ورغدَه.

صرخت فاطمة صاحبةُ الدموعِ البواكي قائلةً: أريدُ طيراً ينتمي لسربي، نحلقُ سوياً في عالمٍ من الحبِ والحنان، نتقاربُ في عمرِنا وفهمِنا وثقافاتِنا، نجوعُ يوماً ونشبعُ يوماً ما دمنا سوياً تمتزجُ أرواحُنا

ولكن دعيني أسألك هل تقبلين بمثلِه؟ إن كان حقاً فقد أُحيلَ العرضُ عليكِ فلتهنئي.

قالت حبيبة صاحبةُ العيونِ الساحرةِ متهكمةً، أنا مثلك أنتظرُ طيراً من فصيلِ مشاعري، نخوضُ غمارَ الغدِ وقد تعانقت منّا الايادي والروحُ مغردةً.

ثم اتجهت بحديثها له وقد تحوّلَ كلُه نحوها إلى أذنٍ تسمعُ وقلبٍ يرتجفُ مِنْ وَقْعِ كلامِها الذي لامَسَ شيئاً يبحثُ له عن مخرجٍ يخففُ عنه وَقَعَ صراعاتِ نفسِه الهائمةِ وأنفاسِ حناياه العاشقةِ، قالت له: ومماذا عنك أستاذَنَا؟ هل وقعتَ على رفيقةِ حياتِك وقرينةِ أحلامِك القادمة؟

انتشى طرباً أنْ وَجَدَ الفرصةَ سانحةً ليعبرَ لها عن مكنوناتِه نحوها.

أحمد: هي حُلُمٌ جميلٌ أعيشه وأتنفسه.

حبيبة: ـ في خبثٍ ـ إذاً لَمّا تصلُ!!

أحمد: بل ـــــ، ولكنّي لَمّا أصارحها بحبي واحتراق مهجتي.

حبيبة: وما يمنعك أن تُصارحَها وتستريح َمن متاعبِك التي لا أرى لها من مبررٍ يعوقها.

أحمد: أخاف ألا تكونُ ؛ ووقتها لا أدري كيف أعاودُ النظرَ إليه أو أن تجمعنا ظروفٌ أخرى معاً.

فاطمة: ما تلك الجراءةُ البالغةُ؟ ما شئننا بزميلنا وحكايته التي لا تعنينا مِنْ بعيدٍ أو قريبٍ

تابعت صاحبتُنا حديثَها، متجاهلةً كلامَ زميلَتِها وكأنّه فراغٌ في فراغٍ ؛ دعني أخففُ عن كاهلك هذا العبءَ الكئيبَ وأعطني اسمَها وهاتفَها أو حتى عنوانَها واعتبرني محامياً بارعاً يدافعُ عنك حتى الانتصار.

تعجّبَ هو مما يدورُ حولَه ولم يستوعبْ تلك المتتابعاتِ المتتالية.

أحمد: في ترددٍ بالغٍ دعيني أفكرْ في الأمرِ ولربّما غداً أوافيكِ ببياناتها.

حبيبة: إذاً هذا قبولٌ منك.

أحمد: ـ وقد تملّكَه التوترُ والاندهاشُ قبلتُ بماذا!

ضحكت وإذا بضحكتها تمتزج بسحرِ عينيها القاتلة.

حبيبة: قبلتَ أن أكونَ وكيلَك عندها.

أحمد: متلعثماً: نعم نعم ولكن دعينا لغدٍ أرتبْ أوراقي المتبعثرةَ، فغدٌ لناظره لقريبٌ.

حبيبة: بثقةٍ يمتزجُ معها لؤمٌ لا تخطئه عينٌ ثاقبةٌ: وهو كذلك.

(٣)

نزل أحمد يرافقه زميله طارق من سيارةِ المواصلاتِ كعادتهما الصباحيةِ في طريقها إلى المدرسة القابعةِ على أطرافِ محافظته في أقصى أقصى حدودِها.

سمير: أليس من الظلم أن يقتطعوا هذا المصيفُ الساحر منا وضمه لمحافظةٍ أخرى منها كي يصبحَ لها بحرٌ ومصيفٌ داخلَ حدودها الإدارية.

أحمد: العجيبُ في الأمرِ أن أبقوا لنا على الشطرِ الذي يضمُ السكانَ الأصليين من تلك القريةِ السياحيةِ فصارَ الناسُ يعيشون بين محافظتين وهذا من عجائبِ الأمورِ في بلادِ المحروسة.

سمير: صدقت، فشطرٌ يسكنون فيه ويضمُ الخدماتِ الصحيةَ والتعليميةَ وشطرٌ يشتغلون فيه في أشهرِ الصيفِ حيثُ السياحةُ الداخليةُ وخدمةُ روادِ الشواطئِ وما يرتبطُ بها من خدماتٍ أخرى والشيءُ ولوازِمه.

سمير: إلى متى يكتب علينا النزول على أطرافِ القريةِ كي نستكمل طريقَنا للمدرسةِ التي تبعدُ عن موقفِ السياراتِ قُرابة الكيلو مترين أو يزيدُ والتي يجبُ على مَنْ يعملُ بتلك المدرسةِ من خارج سكانِ القريةِ أن يقطعها مرتين على الأقلِ كلَ يومٍ مشياً على الأقدام.

أحمد: الأعجب أن أولَ معالمِ القريةِ التي تقابله مقابرُها والتي وقفت منتصبةً تذكرك بالموتِ أولِ منازلَ الأخرة.

سمير متهكماً: مروراً بأعشاش صانعي الأقفاص والكراسيّ وغيرِها مِنْ الأعمالِ اليدويةِ التي تعتمدُ على سعفِ النخيلِ المستمدِ من أشجارِ النخيلِ الغزيرةِ بتلك القرية.

ترتفع ضحكاتهما من مرارة المشهد.

أحمد: فإذا انتهينا مِنْ تلك الأعشاشِ فلدينا خياران لا ثالثَ لهما ؛ إما أن نسير مع طريقٍ مُعبدٍ يطولُ بنا أو نخترقُ الأزقّةَ والشوارعَ العشوائيةَ التي تتناثرُ وسطَ بيوتِ الصيادين والفلاحين وحظائرِ الخيولِ والحميرِ والأنعامِ وكلابِ الحراسةِ.

سمير متهكماً: فإذا انتهينا منها ظهرَ مقرُّ عملنا مِنْ بعيدٍ مُحاطاً بأشجارِ النخيلِ الكثيفةِ ومِنْ خلفها على مددِ البصرِ اللونُ الأزرقُ الساحرُ للبحرِ ملهمِ الشعراءِ وملتقي الحائرين.

يسرع سمير من خطواته فيتعجب أحمد من فعله.

دون أن يلتفت، لن أكون ثالث ثلاثة أفسد سعادة المعجبين، ثم يختفي سريعا بين بيوت الصيادين.

يلتفت أحمد خلفه فيتفاجأ بنزولها من سيارةٍ أخرى قادمةً إلى عملها فيحاول أن يتجاوزها غيرَ مكترثٍ بمرورها بجواره لكنّه تردّدَ ونازعته نفسُه العاشقةُ والتي تصارعت مع اعتباراتِ المكانِ ومخاوفِ الكرامةِ مكانتِها وعلوها.

وما بين هذا وذاك إذا به يُلقي عليها التحيةَ بصوتٍ ضعيفٍ مترددٍ مع توقع عدمِ استجابةٍ منها إيذاناً بمسارعةِ الخطى والاندثارِ بين البيوتِ والحظائرِ وأشجارِ النخيل.

لكنّها ردّت عليه بصوتٍ عذبٍ رقيق كنسماتِ الهواءِ الحالمةِ. سار بجوارها في صمتِ الراحلين عن الدنا، فبادرته بسؤالِها الذي طرحته عليه منذُ أيامٍ تعدت أصابعَ اليدِ الواحدةِ بقليلٍ. حبيبة: انتظرتُ منكَ بعضاً من أخبارِها وعنوانِها كي أساعدَك في

بلوغِ مناكَ والقضاءِ على أسبابِ معاناتك والشقاء.

أحمد: مستجمعاً شجاعتَه وقد تدّربَ في الأيامِ الفائتةِ على مواجهةِ الجمهورِ بأداءِ دورِه الذي يرجو أن يَلقى النجاحَ.

حاولتُ في الأيامِ السابقةِ أن أوفي بوعدي معك لكنّي ترددتُ كثيراً خوفاً أن تخفقي في مهمتِك معها حبيبة: وهل جربتني من قبلُ كي تحكمَ مسبقاً وبدون علمٍ على حنكتي وخبرتي في فنونِ الاقناع والتفاوضِ يا فتى!

أحمد: ما شككتُ فيكِ لحظةً، ولكنّي قررتُ أن أخوضَ الغمارَ بنفسي وذاتي الحائرةِ.

حبيبة: بغضبٍ وحنقٍ، أنتَ وشأنُك.

أحمد: صبراً أختاه فليس هكذا تُورَدُ الموارد، ولكن أخبريني: كيف تدعين فنَ التفاوضِ براعةً وأنتِ رسبتِ مع أولِ عقباتِ الطريق؟

حبيبة: بضحكةٍ لا تُعبرُ عن مكنونِها: بلى ولكنّك فاجأتني.

أحمد: وقد استعان بخبراتِ السنين ومكرِ المخضرمين: قابلتها وسرتُ أنا وهي معاً، ترددتُ كثيراً في مصارحتها ولكنّي خفتُ أن أضيّعها منْ بين يديّ كماءٍ تسرّبَ من أيادٍ حريصةٍ تتلّهفُ كما النفسُ الظمأى لمائها.

قلتُ أصارحها وأتركُ لها حريةُ اختيارِها؛ إما نعيماً بحبها أو شقاءٌ بهجرها.

حبيبة: ثم،،،،،.

أحمد: ثُمَّ اعترفتُ بمحنتي في حبِّها وعشقِها وسألتُها لو يستحيلُ عذابي وألمي نهراً يفيضُ بنورِها ودفئِها وحنينِها. هذي التي في حبِّها صارت حياتي ودُنيتي مثلَ صغيرٍ لا حياةَ ولا مصيرَ يظنّه إلا بدربِ أمّه، مثلَ أمواجِ البحارِ في شوقِها نحو شطآنِ

الأمانِ ورملها، مثلَ أشواقِ النخيلِ وشجرِها نحو ضياءِ الشمسِ ودفئِها

حبيبة: وماذا كان ردُها؟

أحمد: ها أنا توًا قد أبلغتها.

حبيبة: في غيرِ مفاجأةٍ قالت: تقصدني أنا؟

أحمد: إن لم تكوني أنتِ فمن تظنني بربك؟

حببة: هنا تختلفُ الأمورُ والنتائجُ كلُها فدعني أرتبْ أمري ثم انتظر منّي خلاصةَ قصّتي في أمرِك.

أحمد: لا تقولي قصّتك بل قصّتنا معاً.

حبيبة: لا تتعجلْ النتائجَ ولا ترجُ مزيداً من طموح ربّما لا تدركه.

أحمد: في ثباتِ الواثق بنصره: لكِ وقتُك فالأمرُ دنيا وحياةٌ نبنيها معاً.

حبيبة: فلتنتظر.

أحمد: ها نحن وصلنا مدرستَنا وكأنّما سرنا في حُلُمٍ جميلٍ على أعتابِها قد انتهى.

ثم تبادلا نظراتِ الوداع المؤقتِ على أملِ معاودةِ حديثٍ ولقاءٍ يُحي حياةً أو يأذنُ برحيلٍ غير مرغوبٍ به.

أحلامٌ مبعثرةٌ على شاطئِ الحرمان

جاءه طلبُ صداقةٍ في فضاءِ عوالمِ التواصلِ الافتراضيةِ الزرقاءِ، وكعادتهِ الحذرةِ في تعاملهِ مع تلكَ الصداقاتِ الافتراضيةِ تصفحَ حسابَ صاحبِ الطلبِ لينظرَ هل يصلحُ وفقاً لمعاييره التي ارتضاها لصداقاتهِ الافتراضيةِ أم يضربُ الذكرَ عنه صفحاً ويُلقي الطلبَ دروبَ النسيانِ؟

غيرَ أن المعلوماتِ الشحيحةَ لم تنبئ إلا بتوقعاتٍ عليلةٍ أقواها أن صاحبةَ الطلبِ ربّما كانت زميلةَ الدراسةِ الجامعيةِ أو زميلةَ عملٍ يوماً ما.

وعلى غيرِ عادتهِ قبل الصداقةِ فضولاً أن يصلَ إلى صاحبةِ الطلبِ، واستسلم للسيدِ "انتظارٍ" لعله يحملُ في طياتهِ معالمَ الجواب.

لم تمرْ ساعاتٌ طويلةٌ حتى تواصلت هي عبرَ الكتابةِ بحذرِ الأريبِ الذي يجيدُ الكرَّ والفرَّ حفاظاً على مساحةٍ للتراجعِ إن لزم الأمرُ الرحيلَ.

زميلةُ دراسةٍ وضحيةُ حياءٍ منعها من فض صراع حب أدماه نيرانُ شوقٍ وقضبانُ الواقع المرير!

ما كان هو أسعدُ حالاً من ضحيةِ هواها؛ فقد منعه الخوفُ والحياءُ أن يبادرَ بخطواتهِ المرتعشةِ ليسبرَ غورَ مشاعرها ويضعَ نقاطَ إعجابه على حروفِ لهيبِ هواها المستعرِ خوفاً وطمعاً في تبادلِ أدلةِ الاعترافِ.

مرت سنواتُ الدراسةِ؛ وكلٌ آثرَ الصمتِ الحقيرِ وارتضى البلاهةَ واللامبالاةَ دثاراً على ألا يعرّي مشاعره في ظلامِ ليل التردد فلا

يدري أيكونُ صحوه على فجرِ التلاقي أم بساحاتِ الصدودِ والتحسرِ يلقيه المصيرُ

تَحررتْ أخيراً من قيدها وباحت عن أتونِ هواها المستعرِ وراحت تقصُ حنينَ عشقٍ شابت من دونه السنونَ حتى تخطى عشقها عشرينَ عاماً ما بين حسرةِ هواها المكلومِ في حبيبِ العمرِ وسخريةِ الأيامِ أن تلتقي به في دنيا أشباهِ البشرِ السحيقِ.

ما بين تبادلِ اللومِ على التراخي والتخاذلِ وأخذِ زمامِ المبادرةِ قديماً وبين لهفةِ عاشقيْن أدماهما حنينُ الحبِ وقسوةُ السنين.

قالت: حبيبي لا تدري حالي لما ألقت بي الأيامُ رغم تباعدها وقسوتها في صفحتكَ البهيةِ بعوالمِ التواصلِ الزرقاءِ وما أن رأيتُ صورتَكَ حتى بكيتَ فرحاً وصراخاً أقبّلها وأروي بها عطش الحنين.

تاه في خِضمّ الحيرةِ واللهفةِ وبشاعةِ الواقعِ الذي لا يسأمُ أن يُخرِجَ لسانَه الحاقدَ ليسخرَ منهما ويروي أرضَ البعادِ ويتوسعَ في مستعمراتِ الفراقِ.

لم يصمدْ طويلاً أمامَ طوفانِ هواها وفيضِ عشقٍ ما عاد يقبلُ إملاءاتِ البعدِ البغيضِ.

غمرته بحنينِها وحروفِها العطشى للحظةِ اللقاءِ.

ما كان يظنُ يوماً يحوى كلَ هذا الشوقِ رغمَ قساوةِ أيامِ البعدِ ومرورِ السنين ولكن......

عاد الواقعُ يطلُ بوجهه العابسِ ويفرضُ إملاءاته؛ فلا هو كما كان وحيداً ولا هي حرةٌ من قيودِ المسؤوليةِ وصرامةِ القوانين.

وقع صريعاً بين حبه وواجبه فإما يلوّثُ حبَه بمتعةِ لحظاتٍ عابراتٍ تسقيه ندماً لا ينتهي أو أنه يعاودُ طعنها ويسربلُ هواه جمودُ التظاهرِ بالهجرِ والصدودِ.

بكت ثم بكت حتى جفت مآقي الدمع وتمنت لو لم تلقه يوماً،
فحبٌّ بأملٍ مبتورِ الجناحيْن خيرٌ من خيبةِ حُلمٍ على أعتابِ
الحسرةِ والندمِ اللعين.
أما هو فقد آثارَ الصمتَ وارتضى اختيارَه حفاظاً على طهارةِ حب
كُتِبَ عليه وعاءُ الجرح وقناعُ السكوت

سوق واقف العتيق

المكان: الدوحة

الزمان: ٢٠٠٩

زار صديقاً له يقطنُ الدوحةِ منذُ سنواتٍ , وتناولا إفطارهما بعد صلاةِ المغربِ ثم أخذا يتجاذبانِ الحديثَ عن مصرَ والأهلِ والذكرياتِ الطيبةِ.

طلب من صديقه أن يصحبه لمشاهدةِ المدينةِ وخاصةً سوقَ واقفِ الذي أشار عليه به صديقٌ قطريٌ يعرفهُ من محادثاتِ الانترنت.

نزلا الى شوارعِ المدينةِ وانطلقا حيث أشار الصديقُ.

سوقٌ على نسقِ خانَ الخليليّ بمصرَ إلى حدٍ بعيدٍ ؛ معالمُ قديمةٌ حديثةٌ تلهثُ نحو إيحاءِ القديمِ.

المكانُ يستلهمُ الماضي العتيقَ ويعجُ بالسياحِ والعربِ، محلاتُ ملابسٍ وأزياءُ تراثيةٌ، محالُ عطورٍ وطيورٌ وأسماكُ زينةٍ، معارضُ للخطِ العربيّ وشرطةٌ في زي العصرِ البعيد، مقاهي تعجُ بالسياحِ ودخانِ الشيشةِ ينبعثُ في المكانِ، رجالٌ ونساءٌ يدخنون وتدخن الشيشةَ سواءً بسواءٍ، تشعرُ وكأنك بحي الحسين في مصر العتيقة.

صار الصديقانِ يتجولانِ في المكانِ وصديقه يُقدّمُ له النصائحَ تلو النصائح ؛ افعل لا تفعل تجنب كذا واحترس من كذا وهو ما بين ابتساماتٍ عريضةٍ وتوجُسٍ من أمورٍ غمامية المرايا.

ثم إذا به يتوه عن صاحبه الى عالمِ الدهشةِ والانبهارِ؛ عينانِ ساحرتانِ مِنْ خلفِ بُرقعٍ خليجي على وشكِ الغروب.

يتماسكُ أو يدّعي تماسكاً ، إنهما عينانِ خليجيتانِ تضيئانِ مِنْ خلف ستارهما فيرتفعُ على آثارهما وتيرةُ قلبه المتجمدِ خلف نصائحَ صديقه الصدوق.

عينانِ كالمغناطيسِ يجذبانه بلا هوادةٍ ولا ورقاتٍ خضراءَ على شجرةِ الرحمةِ وأغصانِ الحنين؛ يتتبعُ حركاتها، قدماه بلا نورِ عقلٍ تلاحقاها في ردهاتِ سوق واقفِ الضيقة.

شعرتْ به خلفها بقلبٍ يأنّ وجوارحَ تلهثُ مِنْ عطشِ السنين، يفتقدها فجأةً، فَقَدَ عقلَه وتلاشت ملامح ُإحساسهِ بالآخرين، يبحثُ عنها في محلاتِ بيع العباءات ، يخاطرُ بنفسه ، ينسي كلَ حرفٍ نطقَ به صديقه الشفوق.

فجأةً ، يجدها وجهاً لوجهٍ ، يرتبكُ يخجلُ مِنْ نفسه ؛ يشعرُ أنه ما بين يقظةِ الحلمِ ورحيلِ الحياة.

تنظرُ إليه ؛ تضحكُ عيناها، ثم تختفي بين زحامِ الأجسادِ وقسوةِ الفراق.

تخونه جوارحه ويثبتُ في مكانه يراقبُ خطوَها الناعمَ وخنجرَها الذي غَرَسَ معالمَه بلا رحيلٍ مُرتجي ولا شفاءٍ منتظرٍ بين ردهاتِ واقفِ العتيق.

حكاياتٌ طائشةٌ

(١)

تقطعُ السيارةُ طريقَها الطويلَ مِنْ عمق مدينته العريقةِ إلى أطرافِها البعيدةِ حيثُ مقر عملِه الجديدِ.

تجتاز السيارةُ الأجرةُ قرى ومدناً قرويةً وجسوراً ووجوها كادحةً وأطفالاً بريئةً في طريقِها لمعتقلاتِ التعليم المشوه ومجاهل الغدِ البئيسِ، يتطلعُ بالكادِ من نافذةِ سيارةِ الكتلِ البشريةِ والأنفاسِ المكتومةِ والأطرافِ المتباعدةِ عن أصحابِها بفعل انصهارِ الأجسادِ المتلاصقةِ بفعل قسوةِ الحياة وضيق السبيلِ ومرارةِ لقمةِ العيشِ وصبرِ حملان المهانةِ السحيقِ.

يلمحُ بالكادِ البلدةَ التي تضمُّ بيتَها أو كما قالت، يسرحُ بخاطره، يسيطرُ عليه صوتُها الرخيمُ وهو يهمسُ بأشعارِ فاروق جويدة وهو يبحثُ بين عينيها عن عنوانه السليبِ.

هي: تراكَ وقد رضيتَ البعدَ دواءً وحياةً!

هو: بل أراكِ قد علوتِ موجَ البحرِ حيثُ لا عودٌ ولا نجاةٌ.

هي: بل أراني استمسكُ بأملي في لقاءٍ لا أراكَ كبيرَ حرصٍ في منحه قبلةَ بقاءٍ واحتضانَ أمٍ ترجو لقاءً لا فراقَ لَه.

(٢)

في طريقِه اليوميّ لعملِه في رحلتِه المعتادةِ ترمقه نظراتٌ ويدورُ حوله نسيجٌ من همساتٍ يتخللها كلماتٌ حائرةٌ يقطعها على صاحبتيها متسائلاً عنها.

ما بين غمزٍ ولمزٍ ومحاولةٍ بئيسةٍ للتلاعب بأعصابه تخبراه أنّها منذ خرجت بعدَ زيارتِه التي تكسّرت أمواجُها العطشى على صخرتِه القاسيةِ ما كان منها إلا أن تركت له مصرَ بمدنها وطرقاتِها وشوارعها التي جمعتهما يوماً ما قاصدةً إحدى دولِ الخليج لعل غربتَها تُنسيها خيبةَ أملِها وصدمتِها في فارسِ أحلامِها أو كما تقول.

(٣)

عودٌ للماضي (فلاش باك)

بينما هو منهمكٌ في عملِه الحِرَفِي في أحد أصيافِ دراسته الجامعيةِ يتفاجأُ برسولٍ يخبره على عَجَلٍ بزائرٍ غريبٍ بالبيت؛ زميلةُ دراسةٍ أو كما تَدعي، ينتهي سريعاً من بعضٍ أعماله، ينطلقُ سريعاً لبيتِه، يتفاجأُ ببعضٍ أسرته تستضيفها بترحابٍ وقد امتلكت إعجابَهم سريعاً سريعاً بأدواتِها التي لا تضامُ.

(٤)

عودٌ للماضي (فلاش باك)

غزتْ قلبَه واعتلتْ رايتُها بنشوى النصرِ والارتقاءِ. عصفتْ بحناياه فما عادَ يملكُ من مصيرٍ هواه إلا الخضوعَ والإذعانَ وإبرازَ هويةِ الاعترافِ.

قابلها صبيحةِ يومٍ من أيامِ هواه المتعطشِ وغرامهِ المرسومِ على شاشاتِ عينيه ونبراتِ صوتهِ التي أعياها الشوقُ وأضناها التماسُ السبيلِ لطرحِ ورقاتِ الاعترافِ.

طلب منها الحديثَ عن أمرٍ يلحُ عليه واصطحبها لركنٍ من أركان الكلية التي يدرسانِ فيها حيثُ تراهما الأعينُ وتخفت عنهما الأصواتُ.

بدا عاجزاً عن استجماع قواه وإعادةِ سردِ الكلماتِ التي رتَّبها مئاتِ المراتِ طوالَ ليلهِ الكليمِ.

أعياه خوفُه أن تصدمَه أو تعصفَ به حيثُ اللاعودةُ لمعاني الحياةِ. صار كطفلٍ صغيرٍ أصاب ذنباً وقد حبسته أمّه في ركنٍ من جنباتِ الاعترافِ فلا كلماتٍ تسعفه ولا حيلاً تُنجّيه من نظراتِ أمّه التي تعلمُ كلَ تفاصيله وهمساتِه وخلجاتِ الصدرِ المرتجفِ، فلا مناصَ منها غيرَ كاملِ الاعترافِ ومِنْ ثَمَّ عذابُ الانتظارِ وتبعاتُ الإقرارِ.

ظلَّ يستجمعُ كلماتِه ليلحقَ بزمامِ المبادرةِ لعلَّ نفسَه تسكنُ على شواطئِ هواها العصيِّ وعينيها التي تفتكُ بكلِ مغامرٍ تراوده نفسُه لمعاني الاقترابِ.

ما عاد أمامه في ظل حصارٍ عينيها ومهارةِ نبراتِ صوتِها الرخيمِ غيرَ تسليمِها مفاتيح قلبِه واستباحةِ الديارِ.

فجأةٌ تقطعُ عليه لحظةَ اعترافِه متعللةً بموعدِ محاضرةٍ حان وقتُها على وعدٍ باستكمال الحديثِ بعدها.

خفَّتْ وتيرةُ ضرباتِ قلبِه ومَسَحَ عن جبينِه أنهارَ عرقِه المتصببةِ وهي تختفي عنه رويداً رويداً كما لو كانت تنسحبُ من جسدِه الحياةُ.

ظلَّ قُرابةَ الساعتين ينتظرها كي ينفجرَ باعترافِه ويرفعُ عن صدرِه آلامَ الشوقِ ولهيبَ الانتظارِ.

ظهرتْ من بعيدٍ فتهلّلت أساريرُه وسَعِدَ برؤيتِها وهي تدنو من المكانِ الذي سيشهدُ مولدَ حبٍ وينقشُ على جوانبِه نصوصَ اللهفةِ ومعاهدةَ الوفاءِ.

اقتربتْ أكثرَ وأكثرَ وبصحبتِها زميلٌ آخرُ وقدَّمَتْه له، فهو صديقٌ مثلُك تعتزُ بمعرفتِه كما أنتَ يا صاحبَ المشاعرِ الصادقةِ ومعانيَ الصداقةِ الخالصةِ دونَ انتفاع.

لم ترحمْ ضعفَه وألقتْ به مِن أعلى قمةِ أملٍ إلى سفح الجروح الثكلى وخيباتِ الحُلُمِ الحزينِ.

سرُ الغرفةِ "١٣٠"

قبلَ الحصارِ الذي ضُربَ على دولةِ قطرٍ ضُربَ علينا نحن المقيمين بالدوحةِ حصاراً آخرَ أشدَ إيلاماً تَمثَّلَ في منع سياراتِ المقيمينَ الخاصةِ من السفرِ براً عبر الأراضي السعوديةِ لتأديةِ مناسكِ العمرةِ والتي كنّا نقصدها بقلوبِنا وأجسادِنا على الأقلِ مرةً أو مرتين من كل عامٍ.

أمّا عن المرةِ الأخيرةِ التي اعتمرنا فيها بسيارتِنا الخاصةِ فتحملُ من التشويقِ ما لا يمكنُ تجاهلُه بمكانٍ   والذي يُعنوَن كما يقولون " لا يُنصَحُ به لأصحابِ القلوبِ الضعيفةِ "

قُبَيلَ السفرِ بقليلٍ عاودتني آلامُ أسفلِ الظهرِ بصورةٍ غيرِ معهودةٍ كادت أن تتسببَ في إلغاءِ السفرِ للعمرةِ لولا حرصي على تحقيقِ رغبةِ صهري في الاعتمارِ مع زوجِه وأطفالِه خاصةً أنهم لم يسبقْ لهم الاعتمارُ من قبلُ.

استعنتُ بالله وعزمتُ على السفرِ وتحمّلتُ الآلامَ التي عاودتني بسبب قيادةِ السّيارةِ التي تمتدُ لساعاتٍ طويلةٍ حيث تتجاوزُ المسافةُ بين الدوحةِ ومكةَ ١٨٠٠ كم.

مرّتْ العمرةُ على خيرٍ وتكحّلتْ أعينُنا برؤيةِ بيتِ اللهِ الحرامِ والتوسلِ له سبحانه عندَ كعبتِه ومشاعرِه الحرامِ أن يغفرَ لنا حوبتَنا ويتجاوزُ عن خطايانا.

وفي طريقِنا نحوَ المدينةِ المنّورةِ عرجنا الى مدينةِ جدةَ حيثُ صديقٍ صدوقٍ يعملُ بها لم أرهْ منذُ سنواتٍ، قضينا معه يوماً وليلةً اقتطع فيها من وقتِه وراحةً نفسِه ليطلعَنا على بعضٍ معالمِ جدةَ الترفيهيةِ ومحالِها التجاريةِ، ثم ودّعناه لاستكمالِ رحلتِنا الشاقةِ لزيارةِ مدينةِ رسولِ اللهِ ﷺ في مسجدِه الشريفِ وزيارةِ قبره

الشريفِ وإلقاءِ السلامِ عليه وعلى صاحبيه الكريمين رضي الله عنهما.

ثم قررنا العودةَ من حيثُ أتينا ، واذا بصهري يطلبُ أن ننزلَ بإحدى استراحاتِ الطريق لنيل قسطٍ من الراحةِ لأن التعبَ تمكّنَ منه بمكانٍ فما عاد قادراً على مواصلةِ قيادةِ سيارتِه خاصةً وأنَّ قيادةَ الليلِ تُسبّبُ له بعضاً من المتاعبِ والتوترِ والقلقِ.

نزلتُ على رغبتِه رغمَ أني استمتع بالغَ المتعةِ والراحةِ في القيادةِ الليليةِ حيثُ الهدوءُ واعتدالُ الطقسِ الصحراويِّ الذي يستحيلُ جحيماً في نهارِ شهورِ الصيفِ بمنطقةِ الخليجِ العربيِّ.

قادنا نصيبُنا وحظُّنا الناصحُ البياضُ إلى استراحةٍ بمدينةِ القصيمِ وكالعادةِ طلبنا غرفتين منفصلتين فقام مسؤولُ الغرفِ الفندقيةِ بتسليمي مفتاحين أحدهما منقوشٌ عليه الرقم ٩ والآخر محفورٌ عليه الرقم ١٣ ، فأعطيتُ صهري مفتاحَ الغرفةِ ١٣ لاختبرِه ؛ هل يعتقدُ اعتقادَ مَنْ يتشاءمُ من هذا الرقمِ حيثُ خُرَافةٌ فوبيا الرقم ١٣.

حيثُ يَعتبرُ البعضُ في العالمِ الغربيِّ الرقمَ ١٣ رقماً مشؤوماً، ولذا لا يرغبُ بعضُهم أن يرتبطَ هذا الرقمَ بأي شيءٍ يخصّهم فهم يتجنبون أن يكونَ رقمُ منزلِهم ١٣، أو رقمُ غرفتِهم ١٣ في الفندق أو المكانِ الذي يسكنون فيه، ولا يرغبون في تناولِ الطعامِ على مائدةٍ عليها ثلاثةَ عشرَ شخصاً.

ناولته مفتاحَ الغرفةِ رقم ١٣ ولم يتوقفْ عندَ الرقمِ كثيراً، إما لأنّه لا يؤمنُ بهذه الخرافاتِ الحمقاءَ أو أنّه نال منه التعبُ درجةَ الإغماءِ وصار كلُ همّه غرفةٌ مُغلقةٌ يرتمي فيها حتى الصّباح.

دخلتُ مع أسرتي الغرفةَ ٩ والتي تضمّ سريراً كبيراً وخزانَة ملابسَ وهاتفاً أرضياً إضافةً إلى حمامٍ مُلحقٍ بالغرفةِ. سريعاً سريعاً ألقينا بأجسادِنا على باحةِ السريرِ حيثُ كان

موقعي مِنهُ أحَدَ أطرافِه وزوجي الطرفَ الثاني المجاورَ للحمّامِ ،
بينما أطفالُنا في منتصف السرير.

أطفأنا إضاءةَ الغرفةِ وأغمضنا أعينَنا إيذاناً بالخضوع لسلطانِ
النّومِ وأحكامِه، وما هي إلا دقائقُ وإذا بزوجي تفزعُ من نومها
وتصرخُ بحالةٍ هيستيريةٍ ولا تكاد تَبينُ، وبالكادِ هدّأتُ مِنْ رَوْعِها
وفهمتُ منها أنّ هناك أحداً آخرَ معنا في الغرفةِ،،،، امرأةٌ تحاولُ
السيطرةَ على روحِها وجسدِها والتخلصَ منها، وأنّها مِنْ أولِ
دخولِنا الغرفةَ وهي لا تشعرُ بارتياح للمكانِ وتَملَّكها خوفٌ غريبٌ
وإحساسٌ بمجهولٍ غامضٍ غيرَ مريح، وأنّها لما دخلتْ الحمّامَ
لم تَرَ نفسَها في المرآةِ بل رأتْ امرأةً غيرَها تبتسمُ ابتسامةً
مُرعبةً وتقول لها بنظراتِها المخيفةِ: نعم لستِ أنتِ التي تظهرُ
في المرآةِ ، أنتِ لي

قالتْ: قلتُ في نفسي لعله مِنْ إرهاق الطريق وتعب السفرِ،
وتجاوزتُ ما شاهدتُ حتى حدثَ ما حدثَ في نومي.

هدّأتُ مِنْ رَوْعِها وطلبتُ منها أن نتبادلَ الأماكنَ وأنّها ربَّما
مخاوفَ لا أساسَ لها من الصحةِ بسبب تعبِها وإرهاقِها أو لقربِ
موقعِها مِنْ الحمّامِ.

وفعلاً تبادلنَا الأماكنَ وخلدنا للنومِ، وإذا بي أرى في الظّلامِ
شخصاً غيرَ زوجي يظهرُ مكانَها ويضعُ شيئاً ما يُشبه الأنبوبَ؛
طرفُه في فمِه والطرفُ الثاني في فمي وإذا به يحاولُ السّيطرةَ به
عَلَيَّ وسَحبَ روحي من جسدي ؛ فأسرعتُ بالاستعاذةِ بالله تعالى
وقراءةِ آيةِ الكرسيّ فشعرتُ للمرةِ الأولى في حياتي بالعجزِ عن
النّطق وثقل غريب في لساني وتَدَاعَتْ قُوَايا وخارات نفسي ولكنّي
قاومتُ وقاومتُ حتى خرَجتْ كلماتُ آيةِ الكرسيّ بطيئة وثقيلة
ثِقَلَ الجبالِ وكأنّ أنفاسي تَتَحَشْرَجُ مِنْ أضيق ثقب إبرةٍ عرفها
الإنسانُ .

فزِعتْ زوجي على هَمْهَمَاتي وحَشْرَجَتي المكتومةِ وسارعت

بإضاءةِ الغرفةِ ونظرت نحوي في فزع شديدٍ وسألتني عمّا أصابني فأجبتُها أنّني بخيرٍ غيرَ أنّها ارتجفتْ وانكمشتْ في نفسها هلعاً ورعباً حيثُ كان الصوتُ الذي سَمِعَته لا يحملُ بصمةَ صوتي ونبراتِه!!

سارعتُ بالاتصالِ بمسؤولي المكانِ وطلبتُ منهم مصحفاً؛ وعجبتُ أشدَ العجبِ عندما وجدتُ البابَ يُطرَقُ بعد أقلَ مِنْ عشرِ ثوانٍ حيثُ كان موظفُ الاستقبالِ يحملُ نسخةً من القرانِ الكريم، وزاد تعجبي حينما وجدتُ أن الذي جاء ليس الموظفَ الذي استقبلنا قبلَ ساعةٍ؛ فاندفعتُ فيها متسائلاً: أين الرجلُ الذي قابلنا قبلَ ساعةٍ؟

أجَابَ بهدوءٍ انتهتْ فترةُ عملِه وأنا الذي أعملُ على خدمتِكم حتى الصباح.

قررتُ أنْ أجلسَ في أحدِ أركانِ الغرفةِ وأُرتّلَ القرآنَ خاصةً سورةَ البقرةِ حتى الصباح وأنظرَ كيف سيصيرُ حالةُ هؤلاءِ المتطفّلينَ من العالمَ الآخرِ، ولكنّي أشفقتُ على زوجي التي تَمَلّكَها الرعبُ، وابني الأكبرِ الذي عاينَ مشاهدَ الرعبِ في حين غابَ أخوه وأختَه عن حفلةِ الرعبِ خلفَ ستارِ النّومِ العميقِ، أشفقتُ عليهم وقررتُ مغادرةَ المكانِ فوراً وأنا أشاهدُ أعينَ زوجي تتوسلني أن أفعلَها ولا نَبقى لحظةً واحدةً في غرفةِ الرعبِ الرهيبةِ.

أيقظنا النّائمينَ وأسرعنا بالنزولِ بعدما أخذنَا احتياطاتِنا من الملابسِ للأطفالِ حيثُ برودةُ الليلِ الصحراويةِ التي لا ترحمُ.

أعلمتُ الموظفَ المسؤولَ برحيلِنا وقرّرنَا مواصلةَ السفرِ غيرَ أننا تذكرنا صهري وأطفالَه بالغرفةِ رقم ١٣ فقررنا أن نبقى مُلاصقينَ للمسجدِ القريبِ من تلكَ الاستراحةِ حتى الصباح، نلوذُ بربِّه فهو خيرٌ حافظاً وهو أرحمُ الرحمينَ.

نمتُ أنا وابني الأكبرُ بالمسجدِ ونام البقيةُ بالسيارةِ حتى اسيقظنا على أذانِ الفجرِ ؛ فصلّينَا ثُمَّ اتصلتُ بصهري وأعلمتُه أنّه قد حَانَ وقتُ الرحيلِ فَتَعَجَبَ لأنَّ الوقتَ ما زالَ مبكراً فتعللتُ بعللٍ وحججٍ واهيةٍ فَوافَقَ متذمراً ثُمَّ انشغلتُ بشراءِ بعضِ مؤنِ الطريق حالما يغادرُ غرفَتَه ويلحقُ بنا.

نزلَ يحملُ أطفالَه وقد تدثَّروا بملابسَ كثيرةٍ وسطَ رياح باردةٍ وطقسٍ سيئٍ وإذا به يسيرُ ناحيتنا ومعه الموظفُ المسؤولُ عن المكانِ والذي سأله عنّي وتساءلَ عن سببِ مغادرتِنا بعد ساعةٍ واحدةٍ من استئجارنا الغرفة رقم ٩.

جاء الرجل وأعاد لي مئةَ ريالٍ وقال: أنتَ لم تمكثْ غيرَ ساعةٍ فقطْ وهذا حقُّك فباغته سائلاً وهل سألتَ نفسَك عن سرِ مغادرتنا؟ فحاول التغابي فقلتُ له: اتق اللَّه وأغلقْ هذه الغرفة ولا تكنْ سبباً في رعبِ الآخرينَ وإلحاقَ الأذى بهم.

اعتذرَ الرجلُ عمّا حدثَ، وقال نفعلُ إن شاءَ اللهُ !!

هنا صمّمَ صهري على معرفةِ حقيقةِ الأمرِ وما دار بيني وبين الرجلِ وسرِّ انصرافِنا المبكرِ فأقسمتُ ألا أقصُ عليه الأمرَ إلاّ عندما ننزلُ للتزودِ بالوقودِ في المحطاتِ التاليةِ حتى انتظرَ زوالَ الظّلامِ والبعدِ عن المكانِ الذي لا يحملُ كثيراً من الخيرِ.

قصصتُ عليه ونحن نتناولُ إفطارَنا فأصابه الهلعُ والرعبُ وكادَ يُغْشَى عليه، فقلتُ له: احمد اللَّه أنّك لم تكنْ مكانَنا فأقسمَ ألا يكونَ أولَ نومٍ له إلاّ في بيتِه بالدوحةِ مهما طالت بنا ساعاتُ القيادةِ والسفرِ.

وفعلاً واصلنا نهارَنا بليلِنا حتى استقَّر بنا المُقامُ بدوحةِ الخيرِ وحاولنا تناسِي تلك الليلةِ المرعبةِ غيرَ أنَّ زوجي فزعت من نومِها في أولِ ليلةٍ بعد وصولِنا وظلَّت تُهَمْهِمُ بكلماتٍ غيرَ مفهومةٍ حتى سيطَرتُ عليها بتلاوةِ آياتٍ من كتابِ الله تعالى ولم أتركها حتى هدأت ونامت، وفي الصباحِ قصّتْ ما لم تَقُصّه في نومِها من

كابوسٍ مرعبٍ تلك الليلةِ المرعبةِ خوفاً أن تذكرَه وقتَها. قالت: لما خلدتُ للنّومِ جاءتني امرأةٌ عجوزٌ بملامحَ مخيفةٍ مثلَ الموتِ وقد أشعلت بجوارها ناراً، حاولتْ السيطرةَ عليَّ وادعت أنّها جاءت لتنقذني وأنّها بعدما تنتهي منّي سيكونُ الدورُ على زوجي، فالمكانُ جدُ خطيرٍ؛ وقد شهد وقتَ بنائهِ جريمةً بشعةً حيثُ تعرضتْ فيه سيدةٌ للقتلِ.

وكأنّ لعنةَ الدّمِ استمرت في المكانِ ولعلّ روحَ القتيلةِ تأبى إلّا أن تبقى على صلةٍ بالمكانِ.

قصة كل يوم

(١)

المكان: كورنيش الاسكندرية ـ محطة الرمل.
الزمان صيف ٢٠٠٩.

يجلس يحيى وسط زحام الناس ما بين شرود فكر وترقب قلوق.
يحدثُ نفسه: أو هكذا حبيبتي يكون الانتظار؟   تتركين حبيبك
يعاني ما بين قلق وانتحار!
تمر الدقائقُ ثكلي محملةً بهمومٍ هَرِم يفارقُ الحياة.
يتحفزُ يحيى , تظهرُ من بعيدٍ امرأةٌ في عقدها الثالث يحيطها ارتباكٌ
تام.
يحيى: ما الذي أخرك إلى حد الجنون؟ تعاقبين من أحبك؟ تعلمين
ضيقَ الوقتِ وملاحقة الساعات.
أمل: عذراً.
يحيى: هيا نجلسُ بعيداً عن أعين المارة.
يسيران بخطى مرتجفة وأشواق متلاحقة تخاف أشواك الفراق.
يجلسان في مكان آمن عن أعين الرقباء والمتطفلين بجوار شاطئ
الاسكندرية العتيق.
يحيى: حبيبتي تأخرتِ كثيراً فصرتُ أسيراً للقلق ورياح
الخوف المريرة.
أمل: عذراً سيدي.
يحيى: أوليس في معجمك كلمةٌ أنسبَ من تلك؟
أمل: كيف استعددت لسفرك؟

يحيى: اشتقتُ إليكِ حبيبتي.

أمل: هل اشتريتَ ما تحتاجه في سفرك الطويل؟

يحيى: آلمني الشوقُ فلا سبيلَ إلا اليكِ مليكتي.

أمل: متى تقلع طائرتك؟

يحيى: قبحاً للشيطان! اتحدث إليك عن عذابي في فراقك وشوقي للقاك وأنتِ تعبثين!

أمل: فكرت كثيراً في علاقتنا وحبنا، نحن نلعب بالنيران حبيبي. أجبني بربك لماذا تحبني؟

يحيى: سلي نفسك؟ ما الذي يدفع مثلي على وشك مغادرة وطنه الذي يعشقه أن يغادر مدينته ويقطع كل تلك المسافات للقاك؟ يترك خلفه من هم في أمس الحاجة إليه ويفضلك عليهم ابتغاء ساعةٍ في قربك.

يبدأ قلقها في الزوال شيئا فشيئا.

أمل: حبيبي أخافُ أن أخوضَ غمارَ الحبِ من جديد. أخافُ أن تكونَ كمَنْ كان قبلك تغرسُ خنجرك في قلبي الحزين.

يحيى: لستُ كغيري إن كان قلبك يخافني فلترحلي.

أمل: لا أحبُ تلك اللهجةَ اللعينةَ.

يحيى: كيف أثبتُ لك صدقَ حبي ومشاعري؟ وأنتِ تشكين في كل شيء!

تقبضُ على يده بكلتا يديها وتحتضنها بقسوة ـــ أحبك

يحيى: وأنا لا أستطيعُ الحياةَ بدونك حبيبتي.

أمل: لماذا تحبني؟

يحيى: أجيبي أنتِ لمَ تشرقُ الشمسُ كلَ صباح؟ سلي البحرَ لمَ يثورُ بمياهه ويندفعُ ليقبلَ الشاطئَ الحزين؟ سلي الزهرَ لمَ يَنبتُ فتبتهج الحياة؟ لا أعرفُ غيرَ أني أحبك.

أمل: أخافُ الفراقَ حبيبي.

يحتضن يديها ويقبلها قائلاً:   عزائي الوحيدُ أني لن أكونَ أنا المفارقُ.
أمل: يجب أن ترحلَ الآن؛ فالوقتُ داهمنا وأمامك سفرٌ طويلُ في طريق عودتك إلى مدينتك.
يحيى: مللتِ حبيبتي؟
أمل: وكيف أمّلُ النورَ الذي أضاء لي طريقي وأحيا مواتَ قلبي البئيس.
يحيى: كم أدع الله أن يجمعنا علي خير.
يصحبها خارج المكان وقد تعلقت بذراعه بكلتا يديها كأنما طفلٌ صغيرٌ وجد أمه بعد الضياع.

(٢)

بعد يومين / المكان: مطار الاسكندرية

الزمان: الثانية والنصف عصراً.

ينتظرها في قلقٍ بالغٍ يعتصره ويقتله الشوقُ إليها. الوقت يمرُ ولما تأتي بعد.
يُحدّثُ نفسه:
حبيبتي تعلمين أني لن أعودَ قبل عام.
هل هنتُ عليكِ لتلك الدرجة! هل أستحقُ مِن قلبك المحيطِ ومشاعرك الفياضةِ التي غمرت الدنيا بأسرها هذا البخلَ الرهيبَ؟
كيف أفارقُ بلادي دونما رؤية أجمل مَن فيها؟
تأتي من بعيدٍ بخطى مضطربةٍ ودقاتٍ متسارعةٍ.
في لوم وعتاب وثورة داخلية متفجرة: يحيى: مثلما الطيفُ تأتينَ وتختفينَ بلا إنذارٍ سابق.

أمل: أراكَ شاردَ الذهن ِ ضائعَ الذات.

يحيى: لا شيءَ سوى أني لن أركِ قريباً.

أمل: فكرتُ كثيراً في عدم قدومي إليكَ فإني أبغضُ الفراقَ كبغضي للخائنين.

يحيى: ما تصورتُ رحيلي دونما رؤيتكِ يا نورَ عيني.
تنهمرُ دموعها ويرتجفُ جسدها.

يحيى: أرجوكِ توقفي لا تثقلي عليّ حبيبتي فإنّي عائدٌ لا محالةَ، وكم من فراق أعقبه لقاءٌ لا يعرف للبعاد سبيلاً.

أمل: أخافُ أن تتغيرَ في بعادي وتلهيك الدنيا عني وتتشيأ فلا عدتُ أعرفُ ملامحَ قلبك الطاهرةَ ونسماتِ مشاعرك المجنونة.

يحيى: ما عرفتيني حتى الآن حبيبتي!
ينتابها القلقُ والتوترُ الشديدُ واللهفةُ لمعانقةِ حبيبها.

أمل: أرجوك لا تغادر الآن.

يحيى: تماسكي، فالناسُ يراقبون حركاتِنا؛ فلهفتنا وشوقنا يفضحنا حبيبتي.

أمل: في اضطراب شديد وصراع مرير،،،،، تتعلق بذراعه وتحكم قبضتها عليه، انتظر قليلاً أرجوك،،،،،،، ثم تعاود تركه مرة أخرى، إذن تحرك سأغادرُ المكانَ دونما التفاتةٍ إليك.

يحيى: وأنا كذلك حبيبتي؛ إلى اللقاء يا مَنْ أحيا مواتَ قلبي.
دموعٌ وصمتٌ يسيطرُ على لحظاتِ الوداع.
كلاهما يطأطئُ رأسه ويستسلمُ للواقعِ المريرِ.

وتريات

استيقظ من نومه مبكراً كعادته الصباحية ليمارس طقوسه المعتادة، يفرك عينيه غير مصدق نفسه،

يتحسس جسدها ليصدق أنها واقع ملموس لا حلم جميل كأحلام المساء.

ـ أحمد: ما الذي جاء بكِ إلى فراشي يا ست النساء؟ وكيف وصلتِ سالمة؟ وكيف سمحوا لك بالسفر والتنقل والترحال؟ وكيف وكيف وكيف ؟ ؟؟؟

تنظر إليه مندهشة من تصرفه وتمسك يده بكلتا يديها.

ـ حبيبي صباح الخير، أنا زوجتك ومر على زواجنا أكثر من شهر حبيبي.

ـ وكأنه يسترد وعيه شيئا فشيئا، معذرةً حبيبتي فما مررنا به من مستحيلات تجعلني لا أصدق أنك معي وفي حضني وأمام عيني.

ـ تقترب منه وتضمه إليها، كان وقتا عصيبا حبيبي ومر، وكل مر سيمر.

ـ يحتضنها ويمرر يده على شعرها ثم يمسك بيدها ويلثم أناملها.

أحمد: بحثت عنك طويلا طويلا حتى كدت أن أكفر بما يسمونه ـ من باب الخداع والتضليل ـ الأمل والآمال الملهمة حتى التقيتك فعلمت أن ما مر من عمري لم يكن سوى ترتيبات الله كي يصلح كلانا لشبيه روحه ومبتغاه.

ـ تغمض عينيها وتعود بذاكرتها فترتجف من خوف الفراق مجددا.

استباحتني الدنيا بظلمها فلا أمل في غد مشرق ولا قدرة على تحمل طعنات الغدر من جديد.

ـ ثقي أنكِ قبل أن تصلي إلى الباب الصحيح، يتوجّب عليك أن تقرعي العديد من الأبواب الخطأ، فالأخطاء ليست سيئة بدرجة بعيدة بقدر انها تؤدي للنُضج.

ـ منى: لا أريد.

ـ يضمها إلى صدره مجدداً ويعيد خصلات شعرها المنسدلة على عينيها إلى مكانها، ويقبل رقبتها ويهمس في إذنيها: أنا الغُصن المُنحدر من سُلالة الخريف باحِثاً عن الربيع في حضرة جمالك وشمس روحك التي لا تغيب.

ـ منى: أقسمت عليك لا مزيد،،،،،،

ـ أحمد: وماذا عن دعوتك نحو أبواب السماء في جوف ليل ظننتِ ألا فجر له أو صباح؟، فكأن وحيا ألقي في روعك ؛ سيأتي كما تحبين حنونا عليك صادقا في حبك يعاملك كما تحبين فلا تياسي.

ـ منى: أقسمت عليك ألا تزيد من فجعات نفسي وخيباتها.

أحمد: وهل أنا هنا إلا لذلك حبيبتي؟

ـ منى: أرهقني عنادي وادعائي أني وأدت الحب في حنايا قلبي ووتينه.

أحمد: أغمضي عينيك واملئي فراغات أنامي التي لم تخلق إلا لك.

ـ منى: كرهت غدرات الطريق و...

يضع يده على شفتيها: لا تكملي فأنا رسولٌ مبعوثٌ إليكِ من أبيك، وعلامة ذلك دعاء في جوف ليلٍ بين السماء وبينك

ـ تضع رأسها على صدره وتهمس همساً أخفتُ صوتاً من دقات قلبها وحرارة دمعها ؛ إياك أن ترحل يوما ما مرة أخرى.

ـ ينظر في عينيها وقد أسند يديه على خصرها وركبتيه إلى ركبتيها قائلاً من رابع المستحيلات حبيبتي.

ـ منى: أحبك يا أنا.

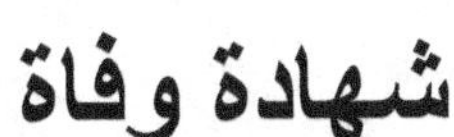

شهادة وفاة

الزمان:

الثاني عشر من شهر تاريخ مولده حيث يحول بينهما ثمانية أيام حيث يصادف عيد التضحية ومعانيها السامية التي عظمها الله تذكيرا بنبيه ابراهيم عليه السلام.

المكان:

محكمة الأسرة حيث فض النزاعات بين المختصمين.

وصل الى قاعة النظر في القضية التي رفعتها ضده من رافقته نصف محطات عمره أو قريب.

جلس يحدث نفسه ويتأمل جدران القاعة وكراسيها التي تشهد على خصومات من اجتمعوا يوماً على فرحة ظاهرها الرحمة وباطنها الغدر والمكر والحقد وجذور الانتقام.

هنا جلس من ادعى عشقًا لمن استحل محارمها بكلمة الله.

وهنا قبعت مَن غدر بها حظها وأوقعها في حبائل أشباه بني الانسان.

هنا كُتبت نهايات قصص بدأت بأناس أقبلوا على السعادة من بوابة مواثيق الحب والزواج أو هم يظنون وهم لا يعلمون أنها فخاخ قاتلة لكل منابع البراءة والسعادة وراحة البال.

جلس يراقب المارين والجالسين والطرقات.

الجلوس يترقبون قدوم السادة القضاة إيذاناً منهم في فض الاشتباك وترسيم الحدود بين أعداء اليوم وأحباء الأمس أو هكذا كانوا يظنون.

الحاجب: محكمة.

يدخل القضاة ويتخذون أماكنهم ويبدأ الحاجب في النداء على المتخاصمين حسب ترتيبهم.

ـ المدعية ليلى توفيق.

ـ نعم يا فندم.

ـ المدعى عليه محمد عبد الحميد.

ـ نعم سيادة القاضي.

ـ وفقا لتقرير الحكمين فقد تم الاتفاق بينكما على الطلاق وترك المسائل المالية للقاضي.

ـ تسارع ليلى توفيق، نعم سيادة القاضي.

ـ وأنت يا محمد!

ـ مترددا بصوت مرتجف، نعم ولكن،،،،،،

ـ ولكن ماذا؟

ـ ردد ورائي، أنا محمد توفيق أطلق زوجتي ليلى توفيق طلقة أولى بشهادة الشهود.

ـ انا محمد توفيق أطـــــــ

ـ ماذا دهاك؟

ـ لا أستطيع.

ـ طلقتني يا بني آدم، لا أطيق الحياة معاك.

ـ هدووووووء، راجعي نفسك مرة أخرى يا ليلى.

ـ لا يا سيادة القاضي.

ـ وماذا عنك يا محمد؟

ـ متمسك بها سيادة القاضي.

ـ إذن نحيلكما للحكمين مرةً أخرى لمحاولة الصلح أو الاتفاق مجددا على الطلاق.

ـ تخرج ليلى وقد تملكها الغضب وهي تنظر لزوجها بازدراء واحتقار.

الحاجب: المدعية لولوة محمد والمدعى عليه حمود القحطاني.

- نعم سيادة القاضي.
- هل اتفقتما على الطلاق؟
- تسارع لولوة، طبعا سيادة القاضي.
- وأنت يا حمود.

يسرح صاحبنا بخاطره،،،،،،

- أفق من أوهامك ودعك من تقمص دور الضحية.
- أية ضحية حبيبتي وأنا أسير دائرتك لا أدري كيف أرضيك أو أتحاشى نوبات غضبك التي لا تنتهي
- تحملت نزواتك وتقليلك من شأني، وصلت معك لحافة الانهيار النفسي، زوجة فاشلة وأم فاشلة وحتى في مجال عملي فاشلة، حسبي الله ونعم الوكيل فيك، تنخرط في حالةٍ من البكاء والهياج
- يضمها إلى صدره محاولا تهدئتها.
- تدفعه بعيدا عنها، تندفع نحو المطبخ، تصرخ وتقذفه بالأطباق والأكواب مع نظرات من التعاطف من أبناهم نحوها، ونظرات كراهية وغضب صامت تفضحه عيونهم نحو أبيهم.
- يسارع مغادرا البيت هروبا من الجحيم المشتعل.
- يقود سيارته على غير هدى، يطرق الباب على صديقه.
- ماذا بك صديقي؟
- يسارع إلى أقرب كرسي ويستلقي عليه وهو يرتجف.
- هون عليك صديقي، هل تشاجرتما مجددا؟
- لا أدري كيف أرضيها ولا أحتوى جنونها وسلسلة اتهاماتها التي لا تنتهي.
- هون عليك صديقي، ما رأيك لو نخرج سويا ونتمشى بالكورنيش؟

- لا أريد ، تمنيت لو تبقَّى عندها شيء من رحمة أو وفاء أو احترام لشيء جمعنا يوماً ما عبر رحلةٍ تجاوزت العشرين عاما بما يسمى بالميثاق الغليظ، تمنيت لو أنها خيبت ظني هذه المرة والذي ما خيبته فيها يوما ما رغم رعودها وعواصفها وغدراتها عبر سني عمري التي سرقتها مني في ظلمات الجب وعتمة الليل الكئيب.
- هون عليك يا رجل، لا أحد يستحق كل هذا الوجع، تكاد تقتل نفسك كمداً.

يفيق على وقع خطواتها هي وأخيها إلى قاعة المحكمة.

يضحك من نفسه فسرعان ما تبدد هذا التمني الساذج حين رآها تنشر ظلمتها في المكان؛ حينها انقبض قلبه لما رآها ونال منه الهم والحسرة على عمر غالٍ ضاع حيث لا ينبغي أن يضيع.

يمر أمامه شريط حياتهما كقطرات ماء اضطرت الى الهروب من حر المكان وقسوة الزمان، حين اختارت أن تتصاعد إلى السماء لعلها تجد من يحنو عليها من لهيب السجن وقسوة السجان.

هذه قطرة يراها تغادر سجنها تحمل رمز حسن النية التي طالما نالت منه وأرهقته واستباحت كرامته وشوهت بساتين الفرحة والنقاء.

وهذه أخرى أسمها دائرة التبرير اللعين حين قبل وهو النجم الساطع أن يكون تابعا لمدار كوكب مظلم لا يحسن إلا سلب طاقته وتجريده من ضيائه ورصيده من الحياة.

قطرة أخرى على وشك الانفلات من قاعة الأمل المؤجل أو من قاعة أطواق النجاة من رحلة الموت التعيس.

تلك القطرة المسكينة التي ارتسمت في لوحة العتمة نوراً وتضحية وتقبلا واحتواء.

ولكن هيهات هيهات أن يفيده مصباحه في دروب من النقص والحقد وحب التملك والانتقام.

الآن تبخرت كل قطرات البراءة والسذاجة والانخداع بزيف المظاهر وكيد الساحرين.

لم يهش وجهه حين رآها بالمكان.

لم تتسارع نبضات قلبه كما كانت وهي في رحلة الموت المحتم والأكيد.

لم ينخدع قلبه في هذه المرة وهو يقلب ورقات الظلم التي قدمتها لتمارس سحرها الأسود لإعادته لقيودها وسجنها المظلم من جديد.

تقع يده على أحد تلك الأوراق السوداء الكالحة بسواد قلبها وعتمة دربها اللعين.

وكم من المضحكات المبكيات في قاعات فض المنازعات وتخليص اللانظائر والأشباه.

وثيقة الميثاق الغليظ التي تخطى عمرها عشرين عاما دارت بها الدنيا لتكون إحدى ورقاتها للمساومة وكسر ما تبقى من كرامته وملامح المروءة والحياة.

يصرخ في جدران ضميره لعل صداها يوقظه من خداع وضلال السنين.

- خانتك نفسك المعتمة هذه المرأة أيتها المرأة السراب، فما عاد لك رصيد يُبقي عليك ولا سحر يشدني إلى ظلمك وظلامك وظلمات قيدك الرهيب.

يفيق على صوت الحاجب،،،،،

المدعية إيمان أحمد والمدعى عليه أحمد عصام.

تؤجل القضية لجلسة ٢١ من الشهر القادم إلى حين ورود تقرير الحكمين.

يغادر المكان سريعا سريعا دون أن تتعلق بذراعه كما كان يحتويها في كل مرة يكونان فيها سويا، تاركاً لها ورقة اخيرة أودعها قاضي الأرض في سجلاته تحمل عنوانا بارزا لا تخطئه عين ولا ينخدع به قلب عنوانها (شهادة وفاة).

قم بتنزيل برنامج QR CODE Scanner من Play Store لقراءة الأكواد

لزيارة موقع الدار   ضيف هاتف الدار على موبايلك مباشرة

لزيارة صفحة الدار

للتواصل مع الدار واتس آب   (right) لزيارة صفحة الدار

مجلة الدار لإصداراتها الورقية

AF451363

* 9 7 8 9 3 6 3 1 2 6 2 5 1 *